黔行漫记

中国铁路成都局集团有限公司融媒体中心◎编著

中国铁道出版社有限公司

CHINA RAILWAY PUBLISHING HOUSE CO., LTD.

图书在版编目(CIP)数据

黔行漫记 / 中国铁路成都局集团有限公司融媒体
中心编著. -- 北京 : 中国铁道出版社有限公司, 2025. 4.
ISBN 978-7-113-32139-0

Ⅰ. I253

中国国家版本馆 CIP 数据核字第 2025JU4024 号

书　　名：**黔行漫记**
　　　　　QIAN XING MANJI

作　　者：中国铁路成都局集团有限公司融媒体中心

责任编辑：付巧丽　弓维桢　**编辑部电话**：(010)51873179
封面设计：刘　莎
责任校对：安海燕
责任印制：高春晓

出版发行：中国铁道出版社有限公司（100054，北京市西城区右安门西街 8 号）
网　　址：https://www.tdpress.com
印　　刷：北京盛通印刷股份有限公司
版　　次：2025 年 4 月第 1 版　2025 年 4 月第 1 次印刷
开　　本：710 mm×1 000 mm　1/16　**印张**：14　**字数**：170 千
书　　号：ISBN 978-7-113-32139-0
定　　价：98.00 元

序言

这一次，我们终于踏上了贵州大地，触摸这片热土的钢铁脉动，聆听穿越山海的世纪潮涌。

环顾这片神奇的沃土，北有大娄山脉，东为武陵山脉，西倚磅礴乌蒙，苗岭山脉横亘其中，明代王阳明曾发出"连峰际天兮，飞鸟不通"的苍凉长叹。群山环抱中，从秦修"五尺道"、三国至唐宋间开舸舸道，到元明两代辟滇黔湘驿道，叩开夜郎大门的几条山间道路，成为几千年来贵州与中原联通的主要干道。直到新中国成立之际，全省没有一条真正意义上的运营铁路。

然而，贵州人民从未放弃摆脱大山桎梏、改变命运的渴望。1949年，当曙光穿透层层雾霭，大地迎来破晓时刻，历史的齿轮终于转动，地理的枷锁随之挣脱。历经逢山开路、遇水架桥的拼搏奋斗，20世纪70年代，贵昆、湘黔两大干线相继开通，从此，铁路修到苗家寨，青山挂起银飘带，山间马铃声声远去，渐渐淹没在历史深处。

遥望75年间，山河巨变。雄奇的喀斯特峰林、多彩的民族文化、丰富的自然资源，随着铁路的延伸跨越山海、奔赴未来，成为流动的风景线。当现代工业文明与古老山地文明深情相拥，每一寸钢轨都孕育着独特的精神文化，它们破土新生，它们迎风生长，成为乌蒙儿女挺拔的脊梁。

黔行、漫记，这是行走于两条铁路线上的两个动词，是以笔为刀、以纸为石的叠加刻画，是驻足此刻、对过去和未来的双重致敬。"黔行漫记"大型融媒体采访活动全程的文图影音，书中尽收。"黔行足迹"串联行走铁路之轨迹，"漫记人生"描摹铁路人物之故事，"漫笔万象"铺陈动静相生之画卷，"采访余韵"回味采写编播之点滴。

2024年是中华人民共和国成立75周年。黔行漫记，同样是中国铁路成都局集团有限公司融媒体中心站在历史节点的一次深情回望。

从2020年源于成昆铁路通车50周年的"南行记"大型融媒体采访报道起步，到献礼"新中国第一路"——成渝铁路通车70周年的"根在成渝"、纪念宝成铁路通车65周年的"宝藏天成"，直至此次"黔行漫记"，中国铁路成都局集团有限公司融媒体中心守正创新、勇担使命，用火热的笔触和鲜活的镜头记录下管内铁路干线的前世今生，旨在传承铁路精神，坚定文化自信。

本书编校之时，欣逢"黔行漫记"在2024中国正能量网络精品征集展播活动中荣获"网络正能量专题专栏"精品和十佳网络精品提名作品，也正是川黔铁路通车60周年大型融媒体采访报道"而今川黔从头越"开篇之时。

是以为序，亦以为记。

编　者

2025年3月

目录

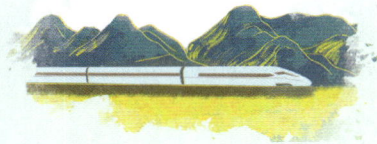

"黔行漫记"大型融媒体
采访活动正式启动

● 吴济佑 袁 亮

2024年5月9日，"黔行漫记"大型融媒体采访活动在贵阳车站正式启动。成都局集团公司融媒体中心报道团队将深入沪昆铁路湘黔段、贵昆段沿线，以立体化的融媒体报道方式，细数贵州铁路峥嵘往事，展现今朝满目新颜。

原湘黔铁路连接湖南省株洲市和贵州省贵阳市，1935年计划修建，1975年全线开通运营。作为"三线"建设重点项目，原贵昆铁路于1970年正式运营，是滇、黔两省间的主要铁路通道。2006年12月底，原湘黔铁路、贵昆铁路、沪杭铁路与浙赣铁路贯通合并，升级为沪昆铁路。

此次围绕沪昆铁路湘黔段、贵昆段的采访活动，既是一次增强"四力"的新闻实践，也是一场面向一线的文化活动，是融媒体中心践行习近平文化思想、加快推动媒体融合发展的具体行动。报道团队将实地探访两段铁路线路上的大龙、凯里、六盘水、且午等特色站点，最终形成涵盖文字、图片、视频、漫画等多种形态的融媒体产品。

"黔行漫记"大型融媒体采访活动启动现场。📷 张志力

贵阳地区铁路单位相关领导、宣传干事及融媒体工作室专职人员代表，多年生活、工作在沪昆铁路湘黔段、贵昆段的老同志代表，贵州媒体记者代表参加了采访活动启动仪式。仪式上播放和展示了融媒体中心制作的先导片和原创手绘漫画。当镌刻岁月痕迹的画面一帧帧、一幕幕呈现在眼前，参加启动仪式的代表们纷纷重拾散落在千里铁道线上的往事，共话对这趟一路向"黔"的采访旅程的愿景。

近年来，融媒体中心牢牢把握正确舆论导向，唱响主旋律，用笔尖和镜头真实记录反映西南铁路的新发展、新变化、新气象，先后推出了"南行记""根在成渝""宝藏天成"等系列大型融媒体报道，在铁路职工、路外读者和"火车迷"等群体中引发关注、收获好评。

以此次采访活动为契机，融媒体中心将继续发挥线上线下联动、报网深度融合的全媒体传播矩阵优势，在各平台开设专版专栏，持续刊播相关媒介产品，一如既往地为铁路勇当服务和支撑中国式现代化的"火车头"贡献媒体智慧和力量。

（刊发于《西南铁道报》2024年5月11日第1版）

黔行足迹

背开柱

六盘水

二道岩

且午

关寨

黄桶

安顺

玉屏

大龙

镇远

福泉

六个鸡

贵阳

凯里

贵阳南

大龙站

车站档案

大龙站原名鲇鱼铺站，位于贵州省铜仁市玉屏侗族自治县大龙镇，建于1973年，为四等站，是湘、黔、川三省交界地区的交通枢纽。

一列客运列车缓缓从大龙站驶出。📷 张志力

龙卧湘黔夏正好

· 龚萱 石宗林

　　春光易逝，倏忽已至初夏。在贵州省铜仁市玉屏侗族自治县大龙镇，过往的火车不时发出欢欣的笛声，烘托着小镇的烟火气。漫步在通往大龙站的老街，被时光打磨得乌黑的木门、几处残破的黑瓦砖墙映入眼帘，与萋萋芳草一同绘成写意水墨画。新迹与旧痕、生动与静谧在这里共存，透过它们，能一窥大龙站的前世今生。

　　时光回溯至1975年，湘黔铁路全线正式通车运营，让素有"荆楚咽喉"之称的大龙镇一跃成为湘、黔、川三省交界地区的交通枢纽。南来北往的列车驶向大龙站，宣告小镇新时代的到来。

　　这一年，毗邻大龙站的大龙供销社正式开张营业。每天，供销社外等候购买日用品的人排起长队，甚至有不少外地人专门坐火车来购买贵州香烟，那样的场景让当时只有19岁的售货员贺定南印象深刻。

这一年，入路4年的26岁小伙儿陈茂如积极响应贵阳车站党委的号召，奔赴艰苦的湘黔铁路。他自豪地写下申请书，年轻的胸膛里涌动着激情和热血。

"自写下申请书的那一刻起，我的人生坐标就不断向大龙站靠近。"自凯里车务段退休后，陈茂如回到阔别32年的大龙镇，不禁感慨万千。

踏入大龙供销社大门，曾经的热闹喧嚣被门可罗雀的景象替代。在有些空荡的货品陈列柜前，年逾古稀的贺定南惊喜地认出了满头银霜的陈茂如。

陈茂如（右）在记者陪同下，重新走上熟悉的站台。 石宗林

大龙站把守着贵州铁路运输最为繁忙的东大门。📷 石宗林

　　故人的重逢总是充满回忆。"大龙站的职工和家属经常来这里买东西。"贺定南说，"牙膏、棉被、洋铲、油盐酱醋，都是当年的畅销品。"

　　挽着竹篮、踏着被夕阳拉长的影子……当年妻子采购归来的样子，陈茂如记忆犹新。"入路后我辗转于贵阳、玉屏等地，1989年到大龙站后，一路从副站长干到中心站站长。我调到哪里，她就到哪里做装卸工。"他说，像自己和妻子这样的情况当时在大龙站很常见。

　　铜仁没有煤矿，供电供暖所需的煤炭都通过湘黔铁路从山西、陕西、贵州的六盘水等地运来，卸煤曾是大龙站担负的重要任务之一。"没有铁路就运不来煤，发电厂都要停摆。"贵州华电大龙发电有限公司燃料部主任罗林用"鱼与水"类比发电厂与铁路的关系。

　　一声"卸煤了"，曾是召集铁路家属们的号令。大家放下手中的家务活，系上围裙，戴上手套，换上家里最旧的衣服，"全副武装"赶往站台。六十吨一车的煤，七八个人卸得挥汗如雨。卸完，大家除了牙齿是白的，全身上下都变得黑黢黢的。

　　"2005年，发电厂有了铁路专用线，一切都变了样。"罗林向故地重游的客人介绍。他手指指向的地方，一列满载电煤的货车沿着专用线缓缓驶入翻卸厂房。只见翻车机"抱紧"车皮来了个180度

集装箱运输成为大龙站货运的一种新方式。 📷 石宗林

的大翻转，整车煤炭便倾倒进煤斗。

"作为黔东电网末端的电源支撑点，我们厂有力地保障了贵州东部及湖南、重庆等相邻省市的工农业用电。"罗林不无骄傲地说，铁路专用线投入使用后，电厂作业效率显著提升。

罗林的骄傲，陈茂如深有共情。作为"黔东门户"，大龙站还担负着"黔货出山"的重任。"那时候在路局交班会上，我们大龙站要单独汇报卸车数和向分界口的排空数，重要程度可见一斑。"陈茂如说。

在笛声如歌的时光里，铁路家属区的四合院是陈茂如放在心底的温情回忆。当夕阳的余晖没过站台，四合院才迎来了一天中属于它的热闹。香樟树下，忙碌了一天的铁路职工聚在一起，或闲话家常，或下棋玩牌。孩童们绕树奔逐嬉戏。长长短短的影子给岁月刻下温柔的痕迹。

樟香悠悠的四合院，也曾给远离东北老家的"90后"职工高金龙以温情抚慰。"2016年坐火车到大龙站报到那天，眼见列车驶离玉屏站，钻进大山里越行越偏僻，我倚着车窗'绝望'得掉眼泪。"提及往事高金龙失笑，"而到了大龙镇后，看到眼前萧条的环境，才发现自己哭早了。"

巨大的心理落差让高金龙一度怀疑自己的选择，甚至有了想"逃离"的念头。"但还好有师父带我回家属区四合院同吃同住，开导我，还教我业务。"

不仅有职场前辈关心，还有段上牵线解决单身问题。来大龙站不到一年，高金龙就与联谊活动上一见钟情的姑娘成家了。"嘿嘿，没想到凯里车务段还给青工'发'对象。来大龙站，值！"他笑言。

心定下来，奋斗的目标就越发清晰。经过7年的岗位轮换锻炼，2023年，高金龙走上了车站值班员岗位。

大龙站车站值班员高金龙。📷 张志力

"凯里车务段一直流传着'调车看大龙'的说法，这既是肯定，也是鞭策。作为大龙站的新一代，我会接续守护好这份荣誉。"在大龙站会议室的荣誉墙前，高金龙的目光坚定有力。

含笑倾听完年轻一代"大龙人"的讲述，迎着初夏的微风，陈茂如走出了会议室，初夏正好。1997年，大龙站停办客运业务，专注货物运输。如今，伴随着货运物流改革措施的落地，大龙站按下增运上量的"加速键"。

耳畔笛声阵阵，陈茂如举起手机镜头，想要留下大龙站的夏日风景。屏幕里，密密匝匝的树叶随风摇曳，点缀着小站的勃勃生机。

大龙站，正从初夏的明媚里走来，一路向前。

（刊发于《西南铁道报》2024年5月14日第1版）

玉屏站

玉屏站位于贵州省铜仁市玉屏侗族自治县平溪镇，距离贵阳站342公里，距离铜仁南站7.5公里，隶属凯里车务段，为三等站。

鸟瞰玉屏站。📷 茅 磊

玉水屏山又飞声

· 吴济佑

玉屏站

　　穿千山之峡，越万壑之涧，呈东西向分布的湘黔铁路逶迤于苗岭深处，素有"黔东门户"之称的玉屏站如明珠般嵌饰其间。

　　"流水如玉，青山似屏"，坐拥湘黔"黄金水道"潕阳河的玉屏侗族自治县自古就因水而兴、缘水而美，大小码头和商铺遍布两岸。

　　但随着时代发展，侗家儿女对大山之外的向往与日俱增。过河动辄绕行1小时山路的处境，让"母亲河"从摇篮变成了他们出走脚步的羁绊。潕阳河畔日渐沉寂。

　　1975年，湘黔铁路全线通车。伴随着船影桨声，穿境而过的铁路与水路并济，"黔东门户"再次被叩响。

　　"当时铜仁地区8个县，最早通铁路的就是玉屏。"在玉屏站工作了30年的凯里车务段调度员谭千和说。1994年，他接过曾是湘黔铁路建设者的父亲手中的"接力棒"，一头扎进这座群山环抱的三等站，整日与长鸣的风笛为伴，见证滚滚车轮载来的人稠物穰。

　　在谭千和的印象中，湘黔铁路开通当日盛况空前，但玉屏站最红火还是在20世纪80年代至90年代。

　　"排队候车的队伍从检票口一路甩到站前广场，根本望不到头，推着食品车的小贩在人群中见缝插针地穿行，吆喝声不绝于耳。"据他介绍，那时玉屏站每日开行北京、上海、南京等方向图定旅客列车11趟，高峰期日均客流量达1.1万人次，承担着毗邻3省

苗岭深处的玉屏站： 摄 磊

停放在贵阳机务段玉屏折返所的机车 📷 茅磊

市5地（州）17县（市）人员、物资集散中转的重要使命。

在山色雾霭中自成一景的5639/5640次公益性"慢火车"同样以玉屏站为起点，将沿途上百个苗乡侗寨串珠成链，满载着鸡鸭牛羊、瓜果蔬菜"哐当哐当"地前行。

火车呼啸，山门洞开。循着湘黔铁路，玉屏"中国箫笛之都""中国油茶之乡"等美名远播，而数家铁路单位就此扎根山林。

贵阳机务段玉屏折返所便是其中之一。在实行单司机值乘制的年代，玉屏作为成都局、广州局集团公司的客运分界口，迎来送往了无数贵阳机务段、怀化机务段的途经机车。长时间运转的机车在此"小憩"，待高强度运行产生的设备疲劳一扫而空后，再"满血"返程。

"过去这里每天要周转上百台内燃机车，怕股道不够，最快20分钟就要'撵'走一台，到处都是'轰隆隆'的声音，隔几百米远都能听见。"入路至今，54岁的机车调度员杨波像道钉般牢牢坚守在此，时刻守护机车出入库运行安全。

"后来'绿皮车'越来越少，慢慢变成了'股道等车'，到现在一天顶多周转五六台机车。"火车跑过的喧闹或许曾让杨波夜不能寐，但如今的冷清似乎更令他心绪难平。在他周围，盘错交织的铁轨掩隐在野草荒藤中，犹如大地的指纹，依稀印记着玉屏铁路的发展样貌。

当南来北往的机车忙着"补觉"时，由一群熬更守夜的"小黄人"出演的"午夜剧场"闹腾腾地开幕了。

"以前的施工'天窗'主要集中在零点以后，时间一到，线路上就全是捣固声、号子声、螺丝机声，比白天还嘈杂。"玉屏工务段退休职工邓兴顺已80多岁高龄，用他的话说，"咚咚咚"的捣固声是自己一生中最熟悉的声音，"因为那时捣固作业基本上都靠人力完成，要先扒出镐窝，再将捣镐高高举过头顶，将石砟一下一下打入枕木底部，才能夯实线路基础。"

玉屏工务段退休职工邓兴顺来到曾经工作过的段机关大院。📷 李 捷

清脆的捣固声穿过时光回廊，打破寂静山谷，惊飞树梢栖鸟。身披夜色的"铁军"一路前行，设备的疲劳状态被消除，线路的一处处"筋络"得以疏通。

生于斯、长于斯，邓兴顺至今仍住在玉屏站区铁路家属楼里。每日茶余饭后到一街之隔的单位院坝里散步，是他多年不改的习惯。

"现在这里叫凯里工务段玉屏线路车间，名字换了，院坝还是老样子。"目之所及，一凳一石、一草一木皆熟稔于心，邓兴顺叹道，"但玉屏铁路的变化很大，机械化代替了大部分人工作业，近几年还新分来了很多刚毕业的学生娃儿，相信他们能把这里建设得更好。"

一如当年的邓兴顺和同事们。

不远处的车站，一缕箫笛声袅袅传来，超然于昔日车马骈阗，将人挽进岁月的长河。

（刊发于《西南铁道报》2024年5月23日第1版）

镇远站

镇远站位于贵州省黔东南苗族侗族自治州镇远县，距镇远古城景区仅两三公里，是湘黔铁路上的四等站。

列车驶过镇远古城。 📷 顾 垒

远镇一方留客心

邓颖璐

镇远站

　　史书云："欲据滇楚，必占镇远""欲通云贵，先守镇远"。当绿皮火车从凯里开动，沿着湘黔铁路穿过一个又一个隧道，直到宛如翡翠的S形河流映入眼帘，沿河而建的古建筑、古码头尽收眼底，一座越来越清晰的古城镇远，与记者开始了跨越千年的对话。

　　镇远，东襟沅湘，西靠三迤，藏身于崇山峻岭之中。潕阳河穿境而过，轻柔曼舞，将北岸府城和南岸卫城一分为二，"九山抱一水，一水分两城"的独特风貌远观如同一幅太极图，"太极古城"由此得名。

　　据史料记载，早在两千多年前，汉高祖就在这里设置了"无阳县"。南宋宝祐年间，此地筑黄平城，赐名镇远州，为镇远之名的开端。之后，历代王朝均在此设县、建州、置府、置卫，明清时期这里更是发展为黔东地区政治、军事、商业、文化中心。

"两山夹溪溪水恶，一径秋烟凿山脚。行人在山影在溪，此身未坠胆已落"，扬威虎门的清代名将林则徐曾在《镇远道中》一诗中对镇远的雄奇山川和险要地势如此描述。直到20世纪穿过镇远的第一条铁路——湘黔铁路开始动工，这座镇守一方的千年古城才开始和铁路有了交集。

镇远站是湘黔铁路上的四等站，距镇远古城景区仅两三公里。每逢节假日，数以万计的旅客乘坐火车到古镇度假，领略胜水名山的风采。时光倒流50年，却是另一番光景。湘黔铁路开通运营初期，镇远站周围只有几间孤零零的木房，几乎没有人家。

镇远古城景观。📷 石宗林

　　彼时车站烟火气最旺的地方，当属铁路家属院。闲来互相串门聊天、看"坝坝电影"，就是物资匮乏年代几乎所有的快乐源泉。为了给饭桌上添点"油水"，家属院后边的空地被大伙儿利用起来搭了猪圈，每家每户都养一两头小猪崽，过年的时候张罗起"杀猪菜"，好不热闹。

　　走进凯里工务段的职工家属区，极具年代特色的苏式红砖房里只剩几家住户。"我3岁跟随父亲工作调动从合江搬来，一住就是51年。尽管这里的配套设施已经老旧，但我们一家人都舍不得离开。"在略显破旧的院里，"铁二代"庞义的家却如同花园一般，种满了各式各样的植物，无比惬意。

　　她告诉记者，当年为了湘黔铁路顺利开通，有很多像她父亲一样从四川、重庆、贵州周边举家迁徙来的职工，"铁路异乡人"成为湘黔铁路建设中的中坚力量。

　　修建湘黔铁路工期紧、任务重，"大战100天""一两个月不

极具地方特色的镇远站。📷 石宗林

休息"几乎是那个年代铁路人的工作常态。"我父亲和当时的很多工友们要是休息时间没被喊去加班,会觉得是上级对自己能力不认可。"凯里车务段镇远站党总支书记罗油怀说,"耳濡目染下,他们无私奉献的'湘黔精神'也由一代代铁路人传承了下来。"

由于当时车站条件有限,候车室较小,旅客到站台上乘车时必须穿过一条坑坑洼洼、伸手不见五指的涵洞。"不光是旅客乘降条件差,职工上下夜班也非常不便。尤其是女同志,走夜路甚至会边跑边唱歌给自己壮胆。"凯里工务段镇远线路车间党支部书记杨善达回忆。

为进一步确保旅客乘车安全,镇远站职工们先后自发在站内修建了3个涵洞和1座天桥。随着客流增加,车站候车室已经无法满足

镇远站站区文化墙。 📷 石宗林

旅客的出行需求，2001年5月，经过"提档升级"的镇远站闪亮登场。为了与当地文化融合，车站设计瓴檐奇巧、翘角高蹈，多层重叠的楼台呈金字塔形，青瓦白砖间增添了古城韵味，也构成了之后许多旅客的镇远记忆。

人货往来，镇远当地先后有黄磷厂、水泥厂及舞阳神油脂化工厂等企业依靠铁路将产品销往全国各地。铁路繁忙，水运同样兴旺，禹门码头、天后宫码头、大河关码头……除了运来生活必需品外，桐油、艾粉、茶叶等地方特产也经由水路运出，有的甚至远销国际市场。发达的水陆交通，让镇远之名逐渐有了"远镇一方"的意味。

2001年11月，株六复线全线建成。借着铁路的"东风"，当地政府大力发展旅游业。一时间，镇远站周围的饭店、旅馆如雨后春笋般拔地而起，湖南、浙江、福建等地的"异乡客"因为美景在此扎根，以往外出务工的镇远人开始选择返乡创业。

"尤其是沪昆高铁开通后，镇远的旅游业迎来更大的发展机遇。去年中秋、国庆假期，镇远共接待游客27万人次，民宿基本是一房难求。今年，我计划投资200万元开民宿，与其在外打工，不如在家门口自己当老板。"镇远当地人刘丙寅笑着说道。

引客来，留客心。沿着潕阳河悠悠漫步，古街古巷曲径通幽，石桥城垣错落有致，春江渔火诗意盎然。登高远眺，数着一列列呼啸而过的绿皮火车，镇远那些流动的和静止的，在这一刻完美交融。

（刊发于《西南铁道报》2024年5月30日第1版）

凯里站

　　凯里站位于贵州省黔东南苗族侗族自治州凯里市，距离贵阳站184公里，建于1974年，为二等站，是黔东南地区的重要交通枢纽之一。

黔东南州铁路专用线有限公司与凯里站隔江相望。📷 茅　磊

犹垦热土寄乡情

· 邓颖璐

凯里站

　　巍巍苗岭山麓，悠悠清水江畔，1570平方公里膏腴之地孕育着黔东南最璀璨的"苗侗明珠"——凯里。1975年，湘黔铁路全线通车运营，当绕寨而行的"绿皮车"鸣笛声响彻云霄，这座"养在深闺人未识"的闭塞小城终于有了"一举成名天下知"的可能。

　　有诗云："如浪卷，似涛翻，涛翻浪卷贵州山。望不断，数还乱，不知山有几十万。"以前的凯里因山势陡峭、沟壑纵横，交通条件极其落后。人抬、马驮、舟载是当地与外界互通有无的主要方式。为打破这一困境，全国各地数十万铁路职工、知识青年和黔东南苗族侗族自治州16个县的基层民兵投身湘黔铁路建设大会战。

　　作为那段峥嵘岁月的亲历者之一，演员张国立几度在镜头前诉说过与湘黔铁路结下的不解之缘。1971年，年仅16岁的他从陕西渭南来到凯里，被分配在中铁二局六处617工程队参与凯里火车站的修建工作。每当他倍感亲切地回忆起自己的筑路青春，那些"迎着朝霞上工"的日子仿佛就在昨天。

终于，在数十万人的共同努力下，湘黔铁路如期开通。"铁路修到苗家寨，两面旗鼓笑颜开。喇叭声声震天响，金矿银矿开出来……"通车典礼当天，黔东南几乎人人盛装，当地群众吹着芦笙载歌载舞，将凯里站里三层外三层围得水泄不通。对于深居大山的老乡们而言，一曲《铁路修到苗家寨》是触景生情从心底流淌出的赞歌。

凯里站站房。📷 芽 磊

铁路打开了凯里拥抱外界的窗口。凭借着丰富的资源和独特的地理条件，凯里被纳入国家发展国防电子工业的整体布局中。一时间，这片自古以农耕为主要生产方式的苗侗村寨聚集地迎来了工业现代化的开端。

"南丰机械厂、永华无线电仪器厂、宇光电工厂、凯旋机械厂等十多家机电企业相继在凯里城区破土动工，近两万名掌握现代科学知识的专家、工程技术人员坐着火车来凯里扎根，为国防事业贡献青春。"凯里站值班员李家勇介绍。

当时，中国最先进的大型电子计算机、最尖端的军用无线电通信设备乃至中国发射的第一颗人造地球卫星"东方红一号"的部分部件都在凯里研发和生产，通过火车运出去。而凯里也逐渐形成了以电子、轻纺、建材、冶金等为主的工业体系，成为贵州工业重镇之一。

在凯里站对面，依着清水江北岸的便是与湘黔铁路同期运营的黔东南州铁路专用线有限公司。"几十年来，我们一直和凯里车务段合署办公，主要开展钢材、煤炭、粮食等货物的运输业务。"公司董事长龙世军表示，今后将继续与铁路部门紧密合作，积极打造融入粤港澳大湾区的"桥头堡"，助力"黔货出山"。

作为湘黔铁路上最大的客运站，凯里站几乎承担了整个黔东南地区的旅客发送任务。"不管是进厂、做小生意，还是打零工、擦皮鞋，坐火车去外地讨生活总是摆脱困境的一条路。"凯里站职工蔡志军告诉记者，客流高峰期该站一天要发送旅客一万余人次，主

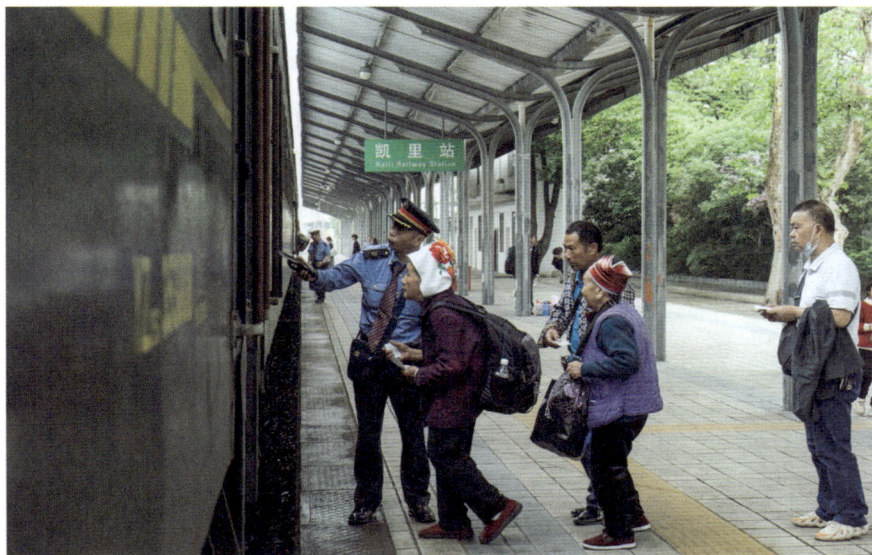

苗乡侗寨群众登乘列车出行。📷 龚　萱

要是去往北京、上海、杭州等方向的务工人员。

　　回想起20世纪八九十年代的春运，蔡志军仍记忆犹新："由于运能紧张、'一票难求'，很多人拖家带口提前一个星期就到车站等着买票，有经济条件的会去附近的旅馆住宿，没钱的就在站前广场打地铺过夜。"据他回忆，因为旅客太多，为了防止自己的制服扣子被挤掉，他就用细铁丝代替棉线把扣子缝稳；人满为患的候车室里，即使大冬天穿短袖，也不免汗湿衣背。

　　依托庞大的客流，凯里站周边愈发繁荣。家家旅馆都住满，黔江国营商场顾客盈门，站前广场上的小吃摊也生意兴隆，尤其是"人气冠军商铺"——廖华德正宗特色鹅肉粉的经营者，不仅用挣

凯里站值班站长国健（右）在工作岗位上忙碌。 📷 龚　萱

的钱买了房，还扩大经营，一家人开起了鹅肉火锅店。

"三天不吃酸，走路打捞蹿。"吃酸是凯里人代代相传的饮食习惯。20年老店晓翠餐馆是不少铁路职工难以忘怀的美食地标。"结束繁忙的工作，约上三五好友去撮一顿酸汤火锅，点上必不可少的'老三样'——大肠、排骨、猪脚，搭配刚摘的野菜和餐馆自酿的刺梨酒，一天的疲惫就在沸腾的酸汤中消散了。"凯里站值班站长国健惬意地说。

填饱肚子，也不忘充实精神。那个年代，凯里铁路俱乐部的电影院最让站区职工和周边居民流连。如今，电影院被改造成气排球场、羽毛球场，同时增设了篮球俱乐部、自行车俱乐部、铁马长跑

凯里铁路俱乐部。📷 龚 萱

团等机构，为职工文娱活动提供了更丰富的选择。另外，凯里站新
打造的凯里铁路文化活动中心更是成为电影《路边野餐》的取景
地，吸引了不少影迷拍照"打卡"。

在电影《地球最后的夜晚》中，凯里是自带浪漫气质的土地；
在电影《我不是药神》里，凯里是写在火车票上回不去的故乡。凯
里，这座备受电影导演们青睐的文艺之城，正如它名字的苗语含
义，是片"等待开垦的田地"，是极美之地，也是希望之地。在这
片土地上，列车飞驰，万物并秀。

（刊发于《西南铁道报》2024年6月6日第1版）

六个鸡站

六个鸡站位于贵州省黔东南苗族侗族自治州凯里市甘坝村，建于1974年，为五等站，主要办理接发列车业务，有一对"慢火车"在此停靠。

六个鸡站在云雾缭绕的山林中默默伫立。 📷 罗翔耀

鸡鸣苗岭铁龙行

· 龚萱

　　穿行在六月迷蒙的烟雨中，沿蜿蜒山径寻得湘黔铁路上的一座五等小站——六个鸡站。一路上，雨下得轻柔，群山是诗人笔下的山色空蒙，访客沾雨欲湿，连脚下的青石板亦氤氲着散不开的雾气。

　　一声热情的招呼，唤醒了沉醉于大山温润意境中的到访者。六个鸡站可谓站如其名，来车站外迎接记者一行的，除了副站长汪祈斌外，还有6只悠闲踱步的走地鸡。

　　"鸡是站外护路队养的。"汪祈斌笑言，他和职工曾养过60来只雏鸡，但小站上空盘旋的鹞子和突如其来的鸡瘟，让鸡所剩无几，大家后来索性放弃。

走进小站，一排白墙红门的站房依山而建。数面站房墙壁上，六个鸡地名由来的故事被描画成墙绘。"据传，从前在此开垦荒地的苗家兄弟，因为没有钱，便将6只鸡作为税赋上交官府，'六个鸡'便得名并沿用至今。"汪祈斌说。

2017年农历鸡年春运，一张拍摄于六个鸡站站牌的职工拜年照火爆全网。因站名新奇应景，藏在群山之中的小站一跃成为热门的"网红打卡地"。

"那是2000年后最繁忙的一次春运。车站仅有的10名职工连轴转，休班还得到站台维持秩序。"汪祈斌回忆，前来打卡留影的旅客挤满了站台。

介绍六个鸡名字由来的站房墙壁。📷 罗翔耀推门见山，开窗即景，半个世纪的时光雕琢了小站的诗情画意。在一畦菜地前，休班的站长王太学远远瞧见记者来了，一边择菜一边扯着嗓子招呼："待会儿尝尝职工亲手种的蔬菜。"在他身后，一米见方的池塘里，绽放的睡莲与数条锦鲤相映成趣，平滑如镜的水面映出小站温润的模样。

笛声阵阵，铁龙穿行，打断了主客之间的寒暄。"慢火车""吱呀"停站，遮挡了众人远眺站台的视线。待厚重的"帷幕"退去，站台重现眼前，下车的旅客竟不过一两个人。

"未通公路前，这趟穿行在湘黔铁路上的'慢火车'是附近苗寨百姓出行的唯一交通工具。"王太学说，"走亲访友、去凯里卖菜，甚至到江浙一带打工，都得靠它。"

彼时的站台上，苗寨百姓比肩接踵，时髦的运动鞋与朴实的布鞋、装菜的背篼与远行的编织袋挤挤攘攘，大家翘首期盼火车到站。而如今，这样的情景已悠然远去。

灶火燃起，肉香弥漫。小站食堂里的锅里，香肠、腊肉散发出的香味在撩拨辘辘饥肠的同时，也勾起了一段温情记忆。

"每月到周围苗寨进行铁路沿线安全宣传，我们总会带上糖果、水果。"王太学说，一遇饭点，乡亲总会热情留饭。一指厚的腊肉和现杀的土鸡，是苗家餐桌上常见的待客硬菜，而携带的糖果、水果便成为回馈深厚情谊的小礼物。

温情的互动不止于此。小站职工曾为摔伤后昏迷不醒的苗家老爹临时请停列车送其至凯里医治，为突发疾病的幼童开辟送医"绿

六个鸡站站长王太学在车站的小菜地摘菜。📷 罗翔耀

色通道"……"为了表达谢意，老爹痊愈后，常到车站抢着打扫卫生。看到往来的列车，甚至会立正行礼。"王太学动情地回忆道。

午饭用罢，沿着湿滑的山路，一行人行至离车站最近的苗寨——六个鸡村。2018年底，六个鸡村被正式列入第五批中国传统村落名单。这个因六个鸡站而热闹一时的村落，再次获得了外界的关注。

走进六个鸡村，远望青山重重，细听流水潺潺。湘黔铁路从村庄上空跨过，幢幢木质民居矗立山坡。烟雨迷蒙中，一幅恬淡的生活图景显现：这边，数条下司犬在村庄悠闲漫步；那头，两个男子在院里擦拭着摩托，几个女子围坐着绣花……就连偶然闯入的记者一行，也成了画卷中的一景。

村子中央有数百平方米的广场。一条贯穿广场的节日横幅和数百面五彩吊旗，见证了不久前村庄里的盛会。"五四青年节时，斗鸡、斗牛及歌舞表演活动在这里轮番上演。"王太学高兴地说，活动经费全由村民集资，作为苗家人的老朋友，他也一同出资助力。

　　一天的时光悠然而过，踏上"慢火车"返程前，雨停了。透过车窗远眺，天空澄澈、草木舒展，此刻的六个鸡站就像一方朴拙的古砚，被时光细细研磨，生动了整个苗岭。

（刊发于《西南铁道报》2024年7月11日第1版）

列车停靠六个鸡站。📷 罗翔耀

福泉站

车站档案

　　福泉站位于贵州省黔南布依族苗族自治州福泉市，前身为1974年建立的马场坪站，2000年更名为福泉站，距福泉市区约8公里，同时办理客、货运业务。

依山而建的福泉站和蜿蜒在半山腰的站台、股道。📷 茅　磊

福如泉涌为磷来

许　毅

福泉站

　　磷，一直是贵州省黔南布依族苗族自治州福泉市最鲜明的工业印记。从20世纪70年代首次发现磷矿，地处"磷仓"腹地的福泉站就一路"吃磷饭""念磷经"，助力"亚洲磷都"高速发展。

　　福泉城内屹立福泉山，环江带水，从而得名"福泉"，取福如泉涌之意。福泉作为全国重要的磷及磷化工产业基地，有着"亚洲磷都"的美誉。位于贵州省瓮安县与福泉市交界处的贵州磷化集团瓮福磷矿白岩矿区穿岩洞矿段是全国目前产能最大的现代化单体露天磷矿山，其露天开采资源储量为8795.22万吨，设计年产量为350万吨。

　　丰富的磷矿资源为生产磷化肥提供了可靠保证。在贵州磷化集团的磷化肥生产车间，每天有成吨的磷化肥打包装箱，通过福泉站所在的湘黔铁路运往全国各地，保障农耕用肥。

福泉站依山而建，站台及股道依势蜿蜒在半山腰。站房坐南朝北，距福泉市区约8公里，前身为1974年建立的马场坪站，2000年更名为福泉站，同时办理客、货运业务。

在福泉站货场，叉车来回穿梭，把化肥物资卸入仓库、装进车厢。作为凯里车务段管内货运量最大的车站，福泉站一年四季与"磷"为伴、为"磷"而忙。

"近期每天要抢运化肥近200车，约1.3万吨。虽然4月以来车站货运业务全部交由贵铁物流中心负责，但监督管理还是我们的任

工作人员行走在站台上。📷 芧　磊

务。"站长刘家元介绍，贵州、湖北、云南三省的磷肥总产量在全国占比超过70%，做好化肥运输保障工作对维护国家粮食安全至关重要。

46岁的福泉人朱定华现任贵铁物流中心福泉营业部副站长，他向记者提供了一份翔实的福泉站历年货运量统计数据：1993年7万吨、2003年247万吨、2013年704.6万吨、2023年1109.6万吨……30年来的数据，反映了福泉站为当地磷矿运输作出的贡献。

　　"今年又签了一个大单子。"朱定华介绍，2024年3月，集团公司与贵州磷化集团签订物流总包合同，承接1200万吨货物的运输业务，其中福泉站承运近700万吨。

　　除了服务化肥运输，朱定华所在的营业部还时常与国能福泉发电有限公司打交道。这家公司于2013年投入运营，年发电量达70亿度，每年需要电煤约274万吨。"我们80%的电煤都通过铁路从陕西、新疆等地运来，每天卸煤6000吨。"该公司燃料运维部部长刘

贵州磷化集团磷化肥生产车间专用线。📷 茅 磊

福泉站货场一年四季为"磷"而忙。📷 茅 磊

涛介绍。

刘家元在福泉扎根已有二十多年，提及福泉站的客运业务，他如数家珍。20世纪80年代至21世纪初，每年春节一过，不通火车的麻江、瓮安、余庆等地的外出务工人员纷纷涌至福泉站，摩肩接踵地急于挤上开往华南、华东方向的列车。

从候车室出发前往站台，要爬127级台阶，再穿过100多米长的涵洞。刘家元告诉记者："2007年铁路第六次大提速，站房改建到梯坎下，候车室扩建后可容纳500人，每天发送旅客1500余人次是常态。如今，车站每天要办理68对货车、22对客车，其中10对客车停站。"

福泉站站房一角。📷 茅 磊

如今，福泉站货场扩能改造工程已顺利完工，新增3台远程控制集装箱门式起重机，装卸能力为改造前的2.5倍，继续为"亚洲磷都"高质量发展提供强大的铁路运输动力，助力贵州"富矿精开"出新绩、开新局。

（刊发于《西南铁道报》2024年7月25日第1版）

贵
阳
站

车站档案

贵阳站位于贵州省省会贵阳市，建于1955年，是黔桂铁路、沪昆铁路、川黔铁路以及贵开城际铁路交会的重要枢纽，也是中国西南地区的第三大铁路车站。

如今的贵阳站站房。 石宗林

贵山之阳立潮头

许毅　陈雨雪　王帅

贵阳站

　　云贵高原上横亘着绵延的高山深谷，自然的鬼斧缔造了当地独特的景观。黔灵、百花、南岳三大山脉环绕盘踞，形成天然的椭圆形屏障，贵阳城便坐落其间。

　　关于贵阳名称的来历，大致有两种说法：一种是古人认为山南为阳，贵阳恰好处于贵山之南；另一种说法源于当地"天无三日晴"的天气特点，阳光可贵。

　　明代大儒王阳明盛赞"天下山水之秀聚于黔中"，也嗟叹"连峰际天兮，飞鸟不通"。山阻水隔，发展受限，"黔道难"成为制约贵州经济社会发展的"拦路虎"之一。

　　与山外的世界相连，是贵州长久以来的夙愿。新中国成立后，百万铁路建设大军挺进大西南，经过数年的努力，造就了一个个世界奇迹。1955年，黔桂铁路都匀至贵阳段动工修建，贵阳站因此而诞生。

20世纪50年代，修建一座火车站，在贵阳人眼里是件顶重要的事。市民欣喜若狂，纷纷奔走相告这一社会主义建设的新成就。1959年初，贵阳站站前广场举行的通车典礼给老一辈贵阳人留下深刻记忆：人山人海，歌声四起，锣鼓喧天，鞭炮齐鸣，鲜艳夺目的五星红旗在站房上迎风飘扬……当时，这座苏式风格的三层站房吸引了无数旅客拍照留念。

清脆的笛声唤醒沉睡千年的群山万壑，铿锵的车轮冲破落后的

2005年的贵阳站。📷 石宗林

桎梏，百姓对山那边的憧憬终于可以抵达。此后的十余年间，以贵阳站为轴心，黔桂、川黔、贵昆、湘黔四条干线以"十字形"骨架向外延展。云南人东出、两广人北上、四川人南下都要经过贵州。时任贵阳站站长的毛以能介绍："到了20世纪80年代，贵阳站的交通枢纽地位日益凸显，成为了西南地区人民出行最重要的'旱码头'。"

寒暑交替，奔驰的列车南来北往，从未停歇。1975年，湘黔铁路通车，贵阳站年旅客发送量为162万人次。随着社会经济的不断发展，到了1988年，车站年旅客发送量激增，达457万人次，1998年甚至达到了570万人次。此时，贵阳站无论从站台规模还是硬件设施来说都已严重落后，难以满足广大旅客的出行需求，因此进行了扩建。

历史的潮流奔涌向前，新世纪的贵阳站以崭新姿态扬帆起航。候车室由原来的2个扩建为4个、站台股道增至7条，极大地提高了运输能力。时逢"打工潮"兴起，商务交流也愈加频繁，百姓出行的需求和意愿空前高涨。"新站房形似一艘巨轮，俯瞰犹如一只展翅的雄鹰，扶摇直上蓝天。每逢春运、暑运，站前广场上前来购票乘车的旅客络绎不绝，候车室人满为患。我们的职工迎来送往、奔忙不停，虽有辛苦劳累，但更多的还是欢乐感动。那段岁月成为了大家最珍贵的回忆。"原贵阳站党委书记王志立感叹道。

贵阳站客运车间书记许瑾在路局直管站段伊始便从贵阳分局来到贵阳站工作。"每天的工作就是为旅客解决出行问题，琐碎而具体，适应的过程并不容易。"许瑾说。旅客背着筐、扛着包、提着桶，嘴里咬着车票，挤进检票口、冲向站台、奔向列车……日复一日，许瑾感受到了那一张小小车票的巨大力量，她渐渐融入工作岗位，走心共情，想方设法为旅客解决困难。

对讲机、喇叭和剪票钳曾是贵阳站客运员们的"三件宝"。旅客出示车票，客运员核对车次、日期等信息后，在票的一侧剪一个小口。如今，车站检票流程已从过去排长队等待人工打孔变为刷身份证几秒快速过闸机，值守人员也从原来的15人减至2人。

2007年，现任售票值班员的林榕进入票房工作。对他而言，窗

贵阳站站台上，旅客络绎不绝。📷 石宗林

位于贵阳站候车厅内的"詹颖之约"服务台。📷 石宗林

车辆检修人员巡查客车。📷 石宗林

口前旅客摩肩接踵、打地铺通宵排队购票的场景仿佛就在昨日。

"19个售票窗口全部开放都忙不开。我们常常卡着点吃饭，水都尽量少喝。"林榕说。如今，购票告别了辛苦"跑断腿"的时代，15天的车票预售期让旅客"说走就走、想走就走"变为现实。即使是春运，车站只需开放5个售票窗口就能满足旅客购票需求。

2014年贵广高铁开通，贵阳北站投入使用，之后，沪昆、成贵、贵南等多条高铁线路相继投入运营，贵阳站的客流有所下降，昔日的喧嚣不复存在。走入今天的贵阳站，已运营六十多年的它平添了几分岁月沧桑，让人不禁感叹运能紧张一票难求、车内挤得水泄不通的时代已然终结。但它的使命仍在，百姓的依托犹存。在许多人心中，这里依然是坐火车的"不二之选"。

"车站既是怀揣梦想出发的起点，也是承载思念归来的终点，铁路发展'永不到站'，温馨服务'永不打烊'。"贵阳站党委书记李刚说，如今贵阳站也紧跟时代步伐，迎来了更多的高铁列车，每天接发旅客列车130余趟，高峰时多达180趟。

贵阳站，坐落在城市中央的咽喉要塞，既是贵州交通沧桑巨变的参与者，也是城市繁荣、乡村振兴的见证者。无论现在还是未来，这艘巨轮都将继续乘风破浪、勇立潮头。

（刊发于《西南铁道报》2024年8月3日第1版）

贵阳南站

贵阳南站位于贵州省贵阳市南郊二戈寨，系全国铁路区域性编组站，是黔桂、川、贵昆、湘黔4条干线的汇集点，担负着4个方向车流的到发、编解作业，也是贵州省进出物资的最大集散地。

远远望去，二戈寨犹如一幅层次丰富的水墨画。 📷 石宗林

因路而兴 好景藏『寨』

· 许 毅 杨永海 郑 尉 王 蕾

贵阳南站

从贵阳市主城区向南大约7公里，二戈寨就闯入了视野。说起二戈寨，大部分贵阳人都知道那是当地最大的铁路货物运输枢纽——贵阳南站的所在地。一条富源路将狭长的二戈寨截为两半，东面是铁路的生活区，西面是铁路的生产区。这里是一部铁路的小"百科全书"，几乎所有工种都能在这里找到。二戈寨因铁路而扬名，铁路人也依二戈寨繁衍生息。

梦想的启航

走在贵阳南站站台上，时年88岁的原贵阳铁路分局副局长蒋益新仿佛又回到了60多年前的青春岁月。

　　1959年的春天，20岁出头的蒋益新拎着藤条箱、挎着凉席卷、背着塞满棉絮的行囊，与50多名同学一起从南京出发来到贵阳南站，住进了6人一间的帆布帐篷。咀嚼着又酸又辣的贵阳菜，蒋益新想起家乡的盐水鸭和母亲烹制的糖藕，眼窝里浸出了泪水。蜷缩在潮湿的被窝里，他把出发前动员会上校长的讲话念出声来给自己鼓劲："天无三日晴，雨过又天晴；地无三尺平，遍地是黄金；人无三分银，革命意志最坚定！"

　　革命意志同样坚定的，还有贵阳南站的一群充满激情的姑娘，她们如同铁道边绽放的铿锵玫瑰，撑起了扳道作业的"半边天"。

　　1973年3月，贵阳南站组建起"三八"女子扳道组，堪称全国扳

二戈寨鸟瞰图。📷 顾　全

建站初期的贵阳南站。

道史上的先例，曾被原铁道部授予"十面红旗"等荣誉称号。18岁的连建华作为班组"12朵金花"的代表，曾在全路巡回作经验分享。

连建华的爱人王簏也是该站职工。凭借"双职工"的身份，他俩早早在二戈寨分了房，从此有了温暖"小窝"。王簏介绍，从建站初期的2.5条股道到如今的132条股道，贵阳南站经历多次改扩建，逐步成为西南地区重要铁路枢纽、贵州省最大的物资集散地，也是全国最早的路网性编组站之一。

王簏说，从二戈寨到贵阳，他们那时称为"进城"。"进城"后，先到唯一像样的澡堂"贵阳第一浴室"洗个澡，再买点生活必需品返回。返程要么到贵阳站搭乘去贵阳南站换挂机头的火车，要

如今的贵阳南站。 📷 顾 垒

么走路，但走路最快也要一个半小时。后来，贵阳南站至贵阳站间开起了通勤车，早、中、晚各一趟，上车买票。1998年5月1日，贵阳南站停办客运业务，通勤车正式退出历史舞台。

"大车"的传承

如果问起二戈寨人最萦绕于心的声音是什么？答案非机车的鸣笛声莫属。从蒸汽机车到内燃机车再到电力机车，笛声在二戈寨的上空回响，讲述着时代的发展故事。

岁月消逝，记忆定格。贵阳机务段大门外一台展陈的蒸汽机车前，83岁的陈敬芳将自己38年的"大车"生涯娓娓道来。

　　"我驾驶过三代机车，行驶里程逾百万公里，带过四五十个徒弟，从来没有出过一起安全事故！"说到这儿，陈敬芳捋了捋身上崭新的衬衫，挺直了腰板接着说，"技术过硬的司机才能开客车，我开了多年，既感光荣又觉责任重大，拉着上千名旅客，干的是人命关天的活儿。"

　　陈敬芳最难忘的当属开蒸汽机车的时代。"3人一组，司炉工与副司机轮流铲煤烧锅炉，当时车内还没有速度表，司机靠目测估计速度。"他说，贵阳到都匀130多公里，要跑10多个小时，一趟车跑下来，除了眼白和牙齿是白的，全身黢黑，洗澡得用洗洁精和锯木面反复搓，油泥才蹭得掉。在二戈寨生活了60多年的陈敬芳，如

陈敬芳（右）带领记者来到贵阳机务段门口展陈的蒸汽机车前，讲述工作往事。📷 顾　垒

今乡音已改鬓毛衰，广东口音变成了二戈寨特有的综合各地特点的"铁路口音"。

贵阳机务段检修车间党支部书记阳宗英1985年来到段上，正赶上电力机车时代来临。同批次来的31名同学有21人上了机车，而他却被安排干检修，心里十分憋屈。

当时的架修库是1984年5月由蒸汽机车洗修库改建而成的，外形高大雄伟，三道大门的六扇门板恰似水库大堤的水闸，厚重结实，门下有三条铁轨伸进库内。"我就想，每个工种都有它独特的精彩，大门口那台蒸汽机车就是经我手组装好的。"看到工作环境后，阳宗英决定穿油包、修电机，这一干就是39年。

退役的内燃机车成为贵阳机务段内的一道风景。 📷 石宗林

保养维护的电力机车。 📷 石宗林

阳宗英说，自己参与过电气化铁路的开通、电力机车的检修、牵引直流电变交流电等技术升级，这些都是他引以为傲的"高光时刻"。他的工作日志上排满了不同机车辅修、小修、中修的日程。"2025年2月退休后，我想去中国铁道博物馆看看SS1型1008号电力机车，它可是我国批量生产的第一台干线电力机车。"阳宗英对机车饱含深情。

岁月浮沉，人来人往。随着铁路生产力布局的调整，贵阳机务段历经了数次合并：1987年，凯里机务段撤销，成立贵阳机务段凯里折返段；2005年至2010年，贵州地区原有的遵义机务段、麻尾机务段、六盘水机务段、贵阳机务段合并为贵阳机务段，职工人数达6600人。

在贵阳机务段，要说参与度最高、影响力最大的文娱活动，无疑是篮球赛了。该段内部及二戈寨片区各铁路单位间的比赛特别聚人气。球迷们伸长脖子，兴致勃勃地呐喊助威。选手们挥汗如雨，在竞技场上尽情地施展绝活，释放个人魅力。"黎家辉投篮很准主打中锋，曹复兴灵活打后卫，薛建华等人也是'篮球明星'，备受职工追捧。"尽管过去多年，提起当时的"明星球员"，贵阳机务段原退管办主任旷斌仍记忆深刻。

生活的日常

清晨，炊烟缭绕，巷道市集摆满了盛着新鲜蔬菜的箩筐。经营了30年的鸡肉饼皮酥馅嫩，香气扑鼻。嘉陵巷、泰安巷、白马井及三角线弯弯绕绕，成排连片的"铁字号"红砖房静静矗立。这就是人们印象中的二戈寨。

二戈寨铁路生活区的红砖房。 石宗林

　　对于许多"50后""60后"而言，矗立在嘉陵巷的一栋小二楼是抹不去的记忆。这里的二戈寨粮店当年为数万铁路家庭供应粮油米面。"以前快到月底时，门前排队的人多了去了！"看店的王师傅说，店里原先有10多名职工倒班，忙的时候眉毛、眼睫毛上都沾满了米面灰。大约在1998年，"粮本"取消，二戈寨粮店彻底冷清了下来。如今，粮店里只有少量的米面售卖，角落里一台"包浆"的手动菜油售卖机依然在坚守，铁制的空油桶被搁置在墙角，配有"市斤"秤砣的老式台秤上布满了蜘蛛网，门柱上"大众放心粮油平价直销店"的牌匾已经褪色。或许某一天，已然鲜见的国营粮店将随同年代久远的红砖房一起，挥别二戈寨。

　　二戈寨很旧，旧到红砖房已显斑驳、木门框变得陈腐；二戈寨又很新，一列列货物列车在这里整装待发，驶向八方。昔日，震山撼岳的机车鸣笛声叩开了不足400人的传统村寨的老旧大门，随着喷云吐雾的火车隆隆驶来的是大批来自五湖四海因工作而迁入的铁路人，他们在这里定居繁衍。当下，东西风俗、南北智慧汇聚一起，这个聚集着约5万人口的繁华小镇随时代发展，生生不息。

（刊发于《西南铁道报》2024年9月17日第1版）

安顺站

　　安顺站位于贵州省安顺市，距贵阳97公里，站台规模为3台9线，建于1960年，是贵昆铁路上的二等站，同时办理客、货运业务。

安顺站站房。📷 茅　磊

安常处顺『夏』一站

● 许毅 倪玺

安顺站

　　银色铁轨在云贵高原的崇山峻岭间一路向西穿行，以海拔1100米的贵阳为起点，经过638公里的跋涉，到达海拔1900米的昆明，串联起沿途多个乡镇和村寨。这条"巨龙"把埋藏在深山的宝藏运送至大江南北，把现代文明拉进苗岭侗寨，这就是"三线"建设的重点项目——贵昆铁路。

　　位于贵州西部的地级市安顺，紧紧抓住了贵昆铁路兴建的契机，建起了距贵阳最近的一个二等站——安顺站。

　　从贵阳站出发，可乘坐绿皮火车沿着贵昆铁路前往安顺。这条线路每天有12趟旅客列车，97公里的车程最快用时73分钟。"票价15.5元，车站地理位置优越、交通便利，学生和过着'双城生活'

的上班族都会优先选乘。"安顺站客运值班员徐曹云说。

放眼车窗外，白云温柔如絮，青山叠翠，一望无际。隐隐约约，城市的琼楼愈加接近，千古名城安顺就在眼前。

安顺，安常处顺，这名字寓意着国泰民安、风调雨顺。这座夏季平均气温21摄氏度的城市凉爽宜居，近年来受到了越来越多旅客的青睐。黄果树瀑布、龙宫两个5A级景区和绵延600年大明遗风的安顺屯堡吸引着大批慕名而来的中外游客。来此多日游、包月游、租住民宿甚至买房成为风靡游客的新时尚。"车站日均发送旅客2950人次，暑运以来增至5000余人次，较去年同期增长约40%。"安顺站客运值班员徐庆介绍说。

安顺站内。📷 芳　磊

　　这般的热闹，在1960年安顺站随贵昆铁路贵阳至安顺段建成同步投用时便早已有之。当时，安顺车务段、安顺工务段、卫生所、中小学校等"铁"字号单位相继入驻，站外的泥巴路硬化为柏油路，以位于中华南路1号的安顺站为起点，延伸通往市区。大街两侧，汽车客运站、餐馆、旅舍等拔地而起，车水马龙、人气十足。

　　春秋代序，岁月流转。1992年10月，于原址拆除重建的安顺站投入使用，砖混结构的三层站房有两个候车室，车站股道增至8条。

安顺站站台。📷 茅　磊

安顺站货运值班员牟光西。 📷 茅　磊

站前的街心花坛四季常青，两旁的花圃种下梧桐树。弹指一挥间，三十多年过去，梧桐树华盖如伞、浓荫蔽日，枝枝叶叶均细数着安顺站的变迁。

"在我5岁时，我们家从北街搬来住进那幢楼。"站在站房前，时年52岁的"铁二代"牟光西用手指向50米开外的一幢粉色二层小楼。"我父亲是贵阳机务段的调车司机，我是车站的货运值班员。"牟光西说，自己结婚时分得了一套50多平方米的福利房，10多年前又再次搬家，住进了车站新建的三居室套房。"从儿时起，车站方圆百米范围内就是我的生活圈、工作圈。"

沿着中华南路步行约10分钟，就是经营了38年的安顺小商品批发市场。这里曾是贵州省最热闹的批发市场，也是当地群众通向幸

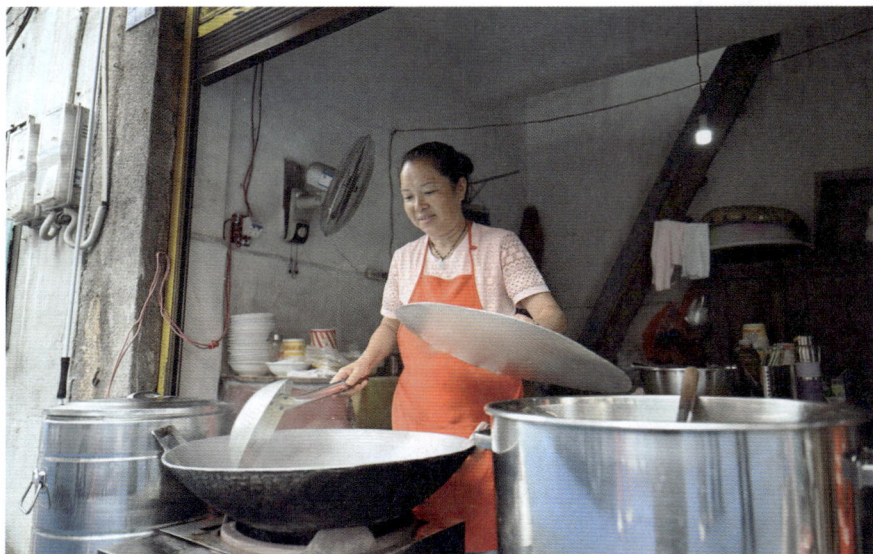

忙碌的苏桂芳。📷 茅 磊

福生活的重要辅助通道。各种商品通过贵昆铁路进入安顺，在批发市场集散，再零零散散地通过这条铁路向沿线村寨流转。

众多候车的熟面孔中，时年56岁的毛志立每个月都会出现在安顺站。上午10时，毛志立掏出扁担、锁上家门，前往安顺小商品批发市场。在安顺小商品批发市场，他将采购的不锈钢盆塞进两只蛇皮口袋，挑着前往安顺站。临近中午，绿皮火车呼啸进站，他匀步迈腿，挑着扁担上车。"我要坐火车到六盘水，再转汽车去赫章。"毛志立说，他走村串寨，用这些盆换取废旧小家电等带回安顺售卖。近40年来，同样的路线，他每月往返两次，赚取的收入用于维持一家人的生计。

　　光阴荏苒，时代变迁。安顺站出站口不远处，一家粉面小吃店人来人往。"开店40多年了，生意好的时候我一天要卖一百多斤面条、六七十斤米粉。"店主苏桂芳说，"沪昆高铁开通后，旅客大多前往安顺西站乘车，对生意有一定影响，但好在来店里的基本都是常客，所以我们会在这条街上坚持经营下去。"

　　回望六百年前，星星点点的安顺屯堡开启了一段波澜壮阔的历史，贵州卫所、驿道、关隘编织成的巨网，化身为一道贯通西南、连接世界的通途。如今，贵昆铁路沿着古道的方向修建，能源、钢铁、机械、化工等产业以铁路为轴延伸，形成国防科技工业全面发展的格局，在新时代描绘出安顺奋发走向现代化的英姿。

（刊发于《西南铁道报》2024年8月29日第1版）

黄桶站
织金站

　　黄桶站位于贵州省安顺市普定县马官镇黄桶村，建于1964年，为四等站，是隆黄铁路与沪昆铁路的接轨站。

　　织金站位于贵州省毕节市织金县，建于2011年，西接内昆铁路，东连川黔铁路，是黄织铁路的终到站。

　　黄织铁路是"十一五"重点规划西南出海通道——四川隆昌至广西百色铁路的组成部分，是开发贵州织金县和纳雍县煤田的重要运输通道。

黄织铁路和起点站黄桶站。 茅　磊

橙黄橘绿织金时

许毅 倪玺 杜承燕

织金站
黄桶站

一沟连一壑，一壑连一沟。贵昆铁路伸开双臂，将贵州省六盘水市六枝特区一把拥入怀里，为其改写了"山间铃响马帮来"的历史。正是橙黄橘绿的时节，一场秋雨过后，氤氲缭绕的雾气将山峦渲染得如同水墨画。记者一行穿行其间，来到了以贵昆铁路上四等小站黄桶站为起点的一条重要铁路支线——黄织铁路。

黄织铁路全长63公里，为隆百铁路中的一段，是贵州省织金县和纳雍县重要的煤炭运输通道。

时针回拨至2011年4月15日，贵州省毕节市织金县迎来载入史册的一件大事——黄织铁路开行首趟货物列车，结束了织金县无铁路运输的历史。2013年1月26日，伴随嘹亮的鸣笛声，贵阳开往织金的

K9476次旅客列车首次呼啸着驶进织金站，让织金人民做了多年的"火车梦"变为现实。当天，车站远处的山峦上，不少百姓牵着耕牛围观这一盛况······

织金，是当地彝语地名的音译，这座占地2868平方公里的县城拥有贵州省最大的煤田，相继建有织金、织金北两个车站。织金北站于2015年底开办货运业务，黄织铁路、织金至纳雍铁路、林歹至织金铁路、织金至毕节铁路4条线路在这里交会。"车站要负责纳雍、毕节、清镇、黄桶4个方向的列车接发作业。"贵阳车务段织金北车间党总支书记周文浩介绍，支线连接干线，贵州毕节地区铁路交通形成了大进大出的格局。

织金站工作人员正在站台上接发列车。📷 陈昶玮

织金北站货场。📷 陈昶玮

2012年，织金站装车1.73万车、113.2万吨，涵盖煤炭、磷矿石等货物品类。2022年起，为改善周边生态环境，织金站部分货运业务调整至位于城郊的织金北站办理。2023年，织金站装车1.18万车、78.2万吨，织金北站装车1.81万车、120.4万吨，增加了粉煤灰、硅石、洗精煤、石膏等货物品类。两个站形成运输合力，运能及货运收入均大幅度提升。

黄织铁路不仅承担着繁忙的货物运输任务，每天还有8趟旅客列车运行。织金站每天办理7趟旅客列车的客运业务，日均发送旅客1000余人次，高峰时可达4000至5000人次。2023年底，叙毕铁路开通运营，织金站有了直达上海南站的长途旅客列车，旅客也可以坐

织金站站长张贵明正在记录工作内容。📷 陈昶玮

普速客车到毕节站转乘动车，出行更加方便。

织金站站长张贵明于2016年来到织金，也曾任织金北站站长，对两个站的大小事务"门儿清"，他亲历并见证了铁路对织金脱贫致富发挥的积极作用。提及织金，他客串起"导游"："探访宫保鸡丁发源地，寻味织金荞凉粉、水八碗、烙锅等名小吃，织金洞值得看，彝族火把节也相当好玩……"

在张贵明的手机社交软件里，"全县政府办公室系统工作群"不时闪烁着新消息，大家相互交流探讨与县里发展息息相关的规定要求，张贵明也会在群里及时分享铁路新规定，尤其是货运最新政策。每逢春运、暑运及小长假，他都会接到众多购票业务咨询。

作业中的黄桶站工作人员。 茅　磊

　　"又是两单团体票，20张重庆北至恩施的，45张杭州至漳州的。"
他说，在织金能买异地票的便民政策大多数人还不够了解。外出学
习或是开会时，张贵明都会向大家发出"到织金来玩"的邀约。

　　位于黄织铁路起点的黄桶站，工作节奏似乎开启着"倍速播
放"。"黄桶站要多方向接发列车，安全和运输压力大。"黄桶站
副站长雷树斌说，毕节、纳雍、织金等地的货物列车顺着黄织铁路

黄桶站值班员汪明。 📷 茅　磊

到达黄桶站后，车站要先解编再按运输方向进行编组，每天抵达或始发的货车有20列，每个月中转进出车辆在2万辆左右。目前，黄桶站正在进行站改，预计3年完成安六连接线的改造，届时黄桶站股道将由10条增至26条。

据贵铁物流中心黄桶营业室货运值班员谢彤介绍，黄桶站附近的国能电厂每年在黄桶站卸煤80万至130万吨，2024年预计达140万吨，在建的盘江普定电厂、鸡场坡光伏发电厂都将加大对铁路货运的需求。

在黄桶站扎根了27年的值班员汪明，于2024年底迎来了退休。工作时她每天从8时接班步入运转室一直忙至19时下班，有时忙得顾不上好好吃饭。"运转工作要求头脑保持清醒，容不得一点儿疏忽。"汪明说，近年来，车站的工作条件改善了不少，新建了宿舍楼，老宿舍也正在改建，车站的年轻人也多了起来，自己带的五六个徒弟基本都能独当一面了。

2018年入职的黄桶站车站值班员顾彪是汪明的爱徒之一，曾代表该站参加过全段安全生产法比赛并斩获第一名。他认为，正是师父这样的车站"元老"将积累多年的经验倾囊相授，才令他快速成长起来。"把一个个不可能变为可能，大家主动干活，努力为车站争光。"顾彪道出了黄桶站年轻一代的心声。

黄织铁路是一条连通发展的高速路，连起山里与山外，放飞了毕节地区冲出大山、拥抱世界的热切期盼。

（刊发于《西南铁道报》2024年10月8日第1版）

关寨站

关寨站位于贵州省六盘水市六枝特区关寨村，建于1966年，站名由邓小平亲自题写，距六枝特区40公里，每天有一对"慢火车"停靠。

俯瞰关寨站。 📷 钟鑫茂

『观』寨流年悠悠行

许 毅 胡京城 孔维丽娅

关寨站

　　拨开缭绕的层层薄雾，如同揭开历史的面纱，贵昆铁路上一座古朴而宁静的五等小站——关寨站出现在眼前。

　　距离繁华的贵州省会贵阳市近200公里，与邻近的六盘水市六枝特区相距40公里，关寨站悄然矗立于海拔2000米的山峦间，静候着远方来客。小站一端连着桥梁，一端连着隧道。隧道口镌刻的"关寨站"三个大字苍劲有力，见证着岁月的沧桑。

　　20世纪50年代末，铁路筑路大军挺进乌蒙山区，开启了贵昆铁路的建设历程。在技术条件有限、资源匮乏的年代，建设者们凭着一腔热血，硬是在这片崇山峻岭中用血汗和生命"凿"出了一条通往繁荣的道路。

　　1965年11月23日，作为"三线"建设重要决策者和组织实施者的邓小平同志亲赴六枝特区，深入铁路建设工地，走进简陋工棚，与建设者们面对面交流，视察了铁路建设情况，并亲自为关寨站题写了站名。

　　岁月悠悠，转眼数十载。为纪念修建贵昆铁路的这段历史，感恩邓小平同志的关怀，六枝特区原堕却乡和箐口彝族仡佬族布依族乡撤乡并镇时，更名为"关寨镇"。关寨站，成为了铁路建设者们在中华大地描绘宏大壮丽图景、谱写气壮山河英雄史诗的缩影。在漫长的岁月中，它见证着铁路日新月异的变化。

　　除却呼啸疾驰而过的列车，每天还有一对贵阳往返昭通的5645 /

隧道口镌刻的关寨站。📷 钟鑫茂

5646次公益性"慢火车"停靠关寨站。在山区晃悠的"慢火车"平均时速只有30公里，被村民们称为"铁路中巴"。沿着铁路这条银色丝带，它把沿途村寨一个个串了起来，载着远方游子回到这片熟悉的土地，也将这里的故事带向远方，拉近了时空距离，也牵系着乡村和城市。很多关寨的孩子通过"慢火车"走出大山求学，许多商人借着"慢火车"实现了发家致富的梦想，还有许多铁路职工乘着"慢火车"到沿途小站坚守岗位、尽职尽责。

"我在这里待了16年，认识了很多经常外出的村民，看着他们的小孩一天天长高，也看到了大家的日子越过越好……"谈及小站生活的点滴，关寨站助理值班员张国亮打开了话匣子。

关寨站新老站牌同框。📷 钟鑫茂

小小的车站，架起了车站职工与周边村民沟通的桥梁，彼此结下了深厚的情谊。46岁的社勒村村民王乔梅如今与丈夫一同做着卖猪肉的营生。"车站食堂采购猪肉和我们自家买肉都去她家，她养6个孩子不容易，能帮一点是一点。"张国亮介绍，王乔梅家里现在条件好多了，隔三岔五还会跟车站职工分享些鲜卤的猪头肉、新鲜的水果和蔬菜。

从2006年开始，王乔梅的丈夫就四处赶乡场，收购当季瓜果，交由王乔梅挑上"慢火车"到六枝或六盘水市区贩卖。一担瓜果通常有上百斤重，车站职工往往会主动迎上前，在王乔梅上车梯时帮她扶稳箩筐。列车工作人员也时常帮她宣传推销，乘车旅客会买走一部分瓜果。靠着穿梭的"慢火车"，这个识字不多的农村妇女抱着"砸锅卖铁都要让娃娃好好念书"的坚定信念，含辛茹苦地把孩子们一个个拉扯长大。如今，她的大孩子已研究生毕业参加工作，最小的孩子也即将成年。

秋日的午后，王乔梅家的小院中，几只小狗慵懒地趴在地上晒着太阳；后院，成群的鸡鸭正低头啄食盆中的玉米；平房的楼顶被拾掇成了绿意盎然的小菜园，熟透的小米椒尤为红艳，与这家人越过越红火的幸福生活交相辉映。

关寨在2014年修通了水泥公路，每天有一趟往返六枝的汽车，票价20元，需要一个半小时。乘坐"慢火车"到六枝的票价是5.5元，用时只要30分钟。随着时代的变迁，关寨人对"慢火车"的需求也悄然发生了改变，以前是为了生存，如今是为了生活便利。关

记者与关寨站外的"摩的"师傅（左）相谈甚欢。 📷 钟鑫茂

寨站旅客日均到发量约300人次，周末会翻一番。每逢春节及彝族火把节，车站日均旅客发送量逾千人次，"铁路中巴"仍是关寨人出行的"刚需"。

关寨站副站长龙尧尧两个多月前才来此工作，他感受到了同事的友善和乡邻的质朴。他时常仰望隧道口的"关寨站"三个字，脑海里浮现出手拿钢钎、铁锤的筑路战士们不畏艰险、战天斗地的激情画面，站台边，一块刻有"贵州省文物保护单位六枝关寨火车站"的石碑不时提醒他要爱惜车站的设施设备。两个多月以来，他将六盘水车务段"团结、实干、创新、奉献"的企业精神与"坚守、实干、奉献"的关寨精神刻在了心头，在小站工作和生活的一点点历练中，他的思想和灵魂都得到了洗礼，为自己定下了"自主思考、大胆创新、不负青春"的奋斗目标。

关寨站职工食堂的炊事员龙艳从小就生活在车站附近。"出站口外的'龙艳便利店'就是我家开的。"龙艳微笑着说，眼中满是自豪与满足。龙艳便利店占据了自建二层小楼中的三间门面，也是他们一家四口主要的生活来源。"只要'慢火车'不停运，我这里每天都有生意，最多的时候一天能卖两千多元钱。"龙艳说。

生活逐渐富裕起来，龙艳对生活有了新的期盼："希望两个小孩工作顺心、早点成家。"一旁的张国亮接过话茬："龙艳的两个小孩都很争气，尤其是小儿子毕业后在铁路上班，是他们两口子的骄傲。"说到这儿，大家会心地笑作一团。

又逢15时12分，5645次"慢火车"像一位慈祥的老者晃晃悠悠地停靠在关寨站，站台上顿时沸腾起来。龙艳的便利店前围满了顾客，王乔梅准备张罗晚饭等着孩子们回家。半个多世纪以来，关寨站静静地矗立在快速发展的时代洪流中，以一种穿越喧嚣的温暖与关怀，温柔地拥抱着每一位乡邻，直抵追梦人内心的最深处。

（刊发于《西南铁道报》2024年10月24日第1版）

二道岩站

二道岩站位于贵州省六盘水市水城区，为五等站。车站南面是一壁直插云霄的大山，北面的山岩断裂出几近垂直的两级阶梯，故称二道岩。

二道岩站。 📷 刘陵跃

一座高山二道岩

许　毅　孔维丽娅　刘陵跃　隆昌喜

二道岩站

　　贵昆铁路铁臂平伸、长虹高架，从六枝站起顺着乌蒙山脉一路蜿蜒攀爬。乌蒙山，是伟大领袖毛主席率领红军走过的地方，他曾在此写下"乌蒙磅礴走泥丸"的不朽诗句。这里岗峦起伏、岩悬壁陡，犹如一道横亘的屏障，把饱含水汽的云雾留在了山麓东侧的贵州，塑造了变化无常、长年阴雨的特殊气候。

"刚柔并济"二道岩

　　贵昆铁路在贵州境内的部分长达290.3公里，俗称贵昆铁路东段。从大用站到葡萄菁站的沿线地质结构十分复杂，线路在险峰、峡谷、沟壑中穿越，还与地下暗河、瓦斯、断层进行过"激烈搏斗"。最为艰险的要数六枝的岩脚寨隧道至滥坝的巴巴店隧道间的77公里线路，桥隧相连，有长短隧道36个、大小桥梁107座，二道岩站就是其中的一个站点。

浓雾和雨水是这里的常客，时而轻柔，丝丝缕缕缠绵不断；时而狂野，风雨联手赶走天上的太阳。云遮雾绕中，一道深不见底的深涧呈东西走向，南面是一壁直插云霄的大山，亮白的柏油羊肠道于苍翠峭拔间抛出几道美丽的弧线；北面的山岩断裂出几近垂直的两级阶梯，五等小站二道岩镶嵌其间。

二道岩站如今已不办理调车及客货业务，日均接发列车140余趟。四条并行的铁轨穿过二道岩站左右两端的隧道，分别连着关寨

镶嵌在群山之间的二道岩站。 刘陵跃

二道岩站。 📷 刘陵跃

站和茨冲站。铁轨一侧逼仄的站台上有一座集办公楼、宿舍、食堂于一体的白色二层小楼，是2015年启用的第三代站房，11名车站职工在此倒班值守。二楼最大的房间是车站运转室，半圆阳台凌于狭小的站台上空，成为了车站职工接发列车的工作台。铁轨另一侧是紧贴崖壁的一栋红砖小楼，多年前曾住有铁路职工及家属。

2018年12月5日，随着生产力布局的调整，六盘水工电段正式成立。二道岩站运转楼旁的围墙圈出了六盘水工电段二道岩综合车间的"地盘"，成为接触网、工务、电务3个工区40多名职工的工作生活所在地。

逆袭的人才摇篮

　　时光滑过铁轨，思绪飞向远方。1989年，伴随着手里脸盆等洗漱用品发出的叮当响声，血气方刚的毛头小伙唐国富来到二道岩，成为了贵阳供电段安顺供电车间二道岩接触网工区的一名接触网工。"每天面对绝壁、深沟，顿感与世隔绝。"唐国富说。冬天凛冽的寒风扎心刺骨，潮湿的气候让被褥常生霉菌，蜈蚣、蜘蛛和蛇常来"作伴"。

　　1985年底，贵昆铁路贵阳至六盘水段开通，40多名刚毕业的学生来到二道岩接触网工区工作，很长一段时间没找准奋进方向，整个工区的士气低迷，牢骚话不少："这简直不是人待的地方！"其中的头号"刺儿头"当属来自四川的李尚金。

　　二道岩的"名声"因此得以远扬，成为全段重点帮扶的"后进车间"。作为二道岩接触网工区第一任工长，唐政礼与大家感情甚笃、知根知底。"知道别人怎么看我们吗？我们真的比其他车间差吗？你们一个个真的准备被看不起、打一辈子光棍吗？"时任水城西领工区领工员的唐政礼与车间职工谈心时，怒其不争地抛出"灵魂三问"。

　　青工们嘴上满不在乎，心里却煎熬地想要改变。这个想法像一粒种子，相继在第二任工长江灿成、第三任工长赵永昭心里发了芽，他们下定决心带着大家努力改变。二道岩接触网工区枯水期用水困难，工长带头外出挑水，想方设法铺设供水管路；工区环境差，工长带头种树；职工业务素质良莠不齐，工长想办法传经验，带队练兵；职工有心事、有困难，工长积极开导，上门家访。

　　讲义气、爱帮忙的李尚金"逆袭"成为了第四任工长，时常抢着干最脏、最难、最险的活儿。"真得感谢前几任工长为那段浑浑噩噩的日子画上了句号。"说到这里，唐国富神采奕奕。

　　自1986年起，二道岩接触网工区进入了贵阳供电段先进班组行列。1991年起，该工区先后获得成都局集团公司"标杆班组"、贵

二道岩接触网工区。📷 钟鑫茂

雨中作业。📷 于 航

州省"四化建设先进集体"、贵州省"五一劳动奖状"、全国"五一劳动奖状"等荣誉。一张张奖状、一个个称号，倾注了历任工长及职工的心血和汗水。李尚金等多名工长一棒接一棒，扎根小站、守护小站，成为二道岩职工中真正叫得响的榜样。二道岩也因此成为全段的人才孵化基地，先后有20多名职工获得局级、段级荣誉，或从这里出发走上领导干部岗位。

一代代二道岩人把旺盛的精力用在了艰苦实践上，形成了见困难就上、见先进就学、见后进就帮的良好氛围，"齐心、扎根、献身"的精神早已深植于他们的血脉和骨髓中。

五湖四海来相会

铁轨轻吟，岁月如歌。一颗颗饱满的梨缀满枝头，在秋日的余晖里充满生机。

近几年，二道岩陆续迎来五湖四海的青年，城市的生活习惯和思维在这里磨合重组。

二道岩没有快递业务，六盘水站附近的包裹代收点成为住在二道岩的职工们的"网购中转站"，包裹到站后由家住六盘水的同事上班时帮忙捎来。二道岩食堂的食材采买也以每周一趟的生活物资车为主，偶尔外出的职工也会帮带一些新鲜的食材。辽宁小伙包伟豪刚入职时想吃水果，同事们的劝慰也没能阻拦他坚持步行4个多小时到陡箐镇，吃上了生平"最解馋"的水果。

年轻人对美食的向往加上特有的跳跃思维，冲破了"在二道岩有钱没地儿花"的局面，身体力行地诠释了什么叫"想吃就会有"。接触网工唐海家与室友刘荣庆举起手中的可乐频频碰杯，庆贺在工区宿舍吃上了外卖。面对同事的各种猜疑"逼供"，两人道出了原委："全靠承接货运业务的'货拉拉'帮忙。"作为一名依赖"货拉拉"多年的资深客户，唐海家遇上"慢火车"停运时，会约"货拉拉"送他上下班；想饱口福时，会请"货拉拉"代买。他下单的范围之广、品种之繁，令疾驰在乡镇的货车司机对是否需要拓宽业务范围有了新的想法。

2024年的线路集中修恰逢防洪期，比以往更累、更忙。入职3年的内蒙古小伙秦小龙仅在2023年春节时回过家。2024年，秦小龙的妈妈到工区探亲，他请了假去接送。"我是工区唯一请了两天假

唐国富精心侍弄职工宿舍的花草。📷 钟鑫茂

的……"秦小龙强忍住泪水哽噎道。

而立之年的站长罗海昌，2020年来二道岩报到后准备回趟家收拾行囊，然而，连续的暴雨成了他的"履新礼包"，让他整整一个月后才得以回家。"当时连续下雨，站台地面上全是泥浆，手机信号也时有时无，接听电话还要在室外'移动'。"罗海昌回忆说。

如今，站台地面已经硬化，宿舍也装上了无线网络，小菜园绿油油的一片，后院鸡舍的母鸡"咯咯"地下着蛋，二道岩的生活正在悄然改变。

亘古及今，青山依旧。日子好似循着小站的铁轨静静流淌，周而复始中，二道岩人渐渐寻到了调剂单调生活的新路子。

（刊发于《西南铁道报》2024年11月2日第1版）

背开柱站
荷马岭站

荷马岭站和背开柱站位于云南省曲靖市宣威市双河乡境内，两站隔沟相望，直线距离不足4公里，海拔高差却达150米。2012年12月6日，撤销了荷马岭站、背开柱等11个站。新背开柱站成为六沾复线上的四等站，车站为区间站性质，不设站台，车站大部分位于高架桥上。

荷马岭背开柱展线。📷 董友平

『铁』色乌蒙十八弯

许毅 孔维丽娅 董友平

荷马岭站
背开柱站

深秋时节，绵雨疏疏、秋风瑟瑟。六盘水站开往且午站的57091次通勤列车上，邓明发与熟识的同事打着招呼，把装有猪肉、蔬菜的塑料袋顺手搁置在小茶桌上。车窗外，云雾在山间升腾回旋，大自然的画笔点点晕染，在乌蒙大地上绘出了无数形态各异、变幻无穷的云山雾海。

列车呼啸着钻进狭长的隧道，大约跑了13分钟后，才又从山间露出头来。邓明发说："刚经过的是梅花山隧道，我们这就进入云南的地界了。"

云消雾散处，是云贵不同风月的分界线，崇山峻岭苍茫无际，沟壑纵横行路艰难。坐着火车跨省通勤的邓明发，是六盘水车务段背开柱站的值班员。1985年，21岁的邓明发退伍转业到原水城车务段工作。还没上岗，父母就把他唤回了位于贵州省毕节市赫章县妈姑镇的老家，盘算着让这个最疼爱的幺儿就近在镇上的铅锌厂工作。但邓明发还是想去外面的世界看看。他仍然记得，在接近年末的一天，一家人整齐地围坐在泥巴炉前，做出了决定：让邓明发走出大山，到铁路上班。

前往车务段报到的邓明发，主动请缨到最艰苦的小站工作。那时，从马嘎站到徐屯站是贵昆铁路全线最为艰苦的区段。乌蒙山像浩渺无边的大海，背开柱、荷马岭等14个小站犹如大海中的座座灯塔，在无涯无际的山之海洋中巍然屹立。小站名字虽美丽动听，背

荷马岭背开柱展线在群山中时隐时现。📷 董友平

背开柱三线隧道。📷 顾 垒

后却饱含辛酸：葡萄箐没有晶莹诱人的葡萄，梅花山没有含苞欲放的梅花，荷马岭吊在悬崖上，背开柱荒凉寂寞，扒挪块如同它的彝语含义就像一块"不毛之地"……几乎所有的困难也集中在了这些小站：吃水用电难，买菜购粮难，看病就医难，子女入托难，家属住房难，文化娱乐难，青工找对象难……邓明发就这样来到了"半截车站塞在隧道肚子里"的背开柱站，以扳道员为起点，开启了扎根乌蒙山的职业生涯。

荷马岭站与背开柱站隔沟相望，吆喝一嗓子对面都能听见。从荷马岭站途经背开柱站再到木嘎站，直线距离不足4公里，海拔高差却达150米。为了降低坡度，铁路建设者采取了增加线路长度的办法，修建了一条16公里长的"盘山铁路"。据六盘水工电段六盘水综合维修车间主任卯申奎介绍，这段线路在山肚子里扭了三个弯，呈S形盘旋，上、中、下三层重叠的线路在陡峭的山体里穿行，是贵昆铁路在乌蒙山区最壮美的一段铁路展线。

如果说背开柱站开创了车站设在隧道内的先河，具有重大的时代影响和科技价值，那么荷马岭背开柱展线不仅是技术上的创新，也是对中国铁路建设能力的一次重大考验。

修建荷马岭站时，工作面狭窄，机械用不上、人工也施展不开，施工难度极大。铁路建设者用钢钎大锤劈山凿石，在悬崖峭壁上千辛万苦规整出两条轨道且设立车站，做到了避让列车、保证通行。荷马岭站东距六盘水市62公里、西距宣威市72公里，前不着村、后不着店，且不通公路。贵昆铁路通车后，沿线百姓所需的农用物资、日用百货等通过列车零担托运到荷马岭站后再进入千家万户。同时，附近乡镇的土特产也通过荷马岭站的列车运往城市。当年，往返于昆明和贵阳之间的201／202次列车每天停靠荷马岭站，让这里成为了方圆百里名副其实的客货集散地。

2012年12月6日，国家Ⅰ级双线自动闭塞电气化铁路——六盘水至沾益铁路复线正式开通，撤销了荷马岭站、木嘎站等11个站，仅保留了新建的扒挪块站、背开柱站、且午站3个站。老站们完成了使命，退出了历史舞台。

如今，昔日热闹的老站变得斑驳清寂，站台杂草丛生，站牌杳无踪迹，站房千疮百孔、残缺不堪，在岁月的流逝中失去了往日的风采。

1989年，荷马岭站第一任站长陈顺富临终前，贵昆铁路电气化改

荷马岭站老站房。 📷 董友平

背开柱站老站房。 董友平

造工程已接近尾声。他立下了"希望能看着电气化铁路通车"的遗愿，最终家人将其安葬在了站台南面的桥头边。三十多年过去，陈顺富墓旁的荒草随风摇曳，低吟的山风讲述着他以站为家、鞠躬尽瘁的故事。老站长如同一盏明灯，照亮了六个子女前行的道路，他们继承了父亲的优良品质，用各自的方式在不同的岗位续写着平凡而又伟大的故事。

绵延的铁轨上，一列列火车载着旅客、货物往来穿梭，滚滚向前。废弃的老贵昆铁路，铁轨早已拆除，只留下硌脚的道砟在荒草丛中开出一条路来，混着泥土向漆黑的隧道延伸。遗址或许会被岁月慢慢侵蚀，但先辈们用汗水和热血铸就的铁路历史丰碑，为后人留下了不朽的精神财富。

1958年，铁路建设者翻山越岭来到了云贵接壤的高山峡谷，战天斗地，修建出首条内地通往边疆云南的铁路。仅宣威境内，百余公里长的路段，就有杨尚清等221名烈士为筑路献出了宝贵的生命，他们长眠在了宣威乐丰烈士陵园，故乡成了再也回不去的远方……

2024年底，邓明发终于退休。退休前，伫立在背开柱站的站台上，他仰望头顶的蜜蜂岩，内心无比眷恋。"太热爱这份工作了，真没干够！"他想在离岗前多为有需要的同事顶几次班，想把楼道和运转室的卫生再搞得干净些，想与陈顺富道个别……"想告诉老站长，这些年我没忘记他'把安全守住'的嘱咐。"邓明发说。

邓明发还有个"奢侈"的心愿——登上昆明往返上海的K80/79次、昆明往返北京的Z162/161次列车的机车，以无遮挡视角看看宣威到六盘水这段通勤路的模样，给自己迎来送往了不知道多少回的

邓明发（左）在背开柱站台上感慨万千。📷 董友平

这两位"老朋友"道个别。

空谷幽鸣，溪水潺潺。乌蒙铁道儿女拼搏奋斗的精神，如同山间的清泉穿越层峦叠嶂，虽遇阻挡、却不退却，流淌出动人的旋律，与乌蒙山脉的韵味及力量紧密地交织在一起。不远处，承载着希望与梦想的列车正疾驰在乌蒙山间。

（刊发于《西南铁道报》2024年11月14日第1版）

六盘水站

　　六盘水站位于贵州省六盘水市钟山区，建于1958年，原名水城西站，1988年更名为六盘水站，为二等站，主要办理客运业务。

六盘水站。📷 戴铁军

火车拉来六盘水

许毅 孔维丽娅 杨亚文 董友平

六盘水站

彤云密布，朔风渐起。乌蒙山脉的巍峨与壮丽，在六盘水化作了温柔的拥抱，给予这里无尽的生机。街道两旁的树叶依旧绿意盎然，石板路泛着微光，回忆唤醒了曾经的峥嵘岁月。

1970年，国家将贵州的六枝、盘县、水城三个特区合并，取三地首字，将其命名为六盘水特区，这座城市就此诞生。1978年，迎着改革开放的强劲春风，六盘水先后改设为地级市、省辖市。

六盘水市平均海拔约1797米，是贵州海拔最高的城市，海拔2900.6米的"贵州屋脊"韭菜坪距六盘水市市区仅60公里。夏季平均气温只有19.1摄氏度的六盘水，被冠以"中国凉都"的美誉。

一座车站三代站房

六盘水站，普速客车与高铁动车并肩同行。1966年7月1日贵昆铁路全线开通，2020年7月8日安六铁路正式运营。这两条并行的股道、两个不平凡的日子为六盘水站熠熠生辉的时代变迁标上了新的注脚。这里既能感受到高铁带来的速度与激情，也能与"绿皮车"共鸣岁月流转。

站前广场上，第二、三代两座站房并排而立，共同见证苍茫乌蒙的巨变。

"那幢棕红色的是1989年启用的第二代站房主楼，拆除第一代站房后修建的。运营中的第三代站房于2015年12月1日正式投入使

两代站房同框。左侧灰色建筑是六盘水站第三代站房。六盘水车务段供图

六盘水站第一代站房：水城西站（现为六盘水站）开站首冬。六盘水车务段供图

用，原址是座小山。"六盘水车务段退休职工郭绍文说。

　　翻开六盘水站卷帙浩繁的历史，建站时，这座位于贵昆铁路245公里604米处的三等站，到发及编组共用11条股道，站名为水城西站。1982年4月，水城西站升级为二等站，1988年更名为六盘水站。

　　"当年，这里十分荒凉，生活非常艰苦。六盘水的发展与铁路息息相关，因'三线'建设而兴，是一座依靠火车拉来的城市。"六盘水车务段退休职工周长富回忆道。

　　耄耋之年的周长富，时间在他的脸庞刻下了纵横交错的山川，纯正的东北口音却没有走样。他的人生履历上书写着两次支援西南的篇章。第一次是1955年支援西南铁路建设，他从齐齐哈尔局泰来

六盘水站第二代站房：热闹祥和的站前广场。 📷 林泊桑 六盘水车务段供图

站调到成渝铁路工作。第二次是1966年，32岁的周长富在"好人好马上三线、备战备荒为人民"的号召下，与来自全国各地的10余万名建设者一同来到六盘水，开启了筚路蓝缕的拓荒岁月。他们挥洒青春和汗水，不畏艰险、艰苦创业，为理想信念、家国情怀默默奉献。

"到六盘水时是6月下旬，站台上满是泥浆，泥水没过了脚面，打湿了裤脚。天上的雨不停地下着，站房后的山峦雾气弥漫。"这是周长富对六盘水的第一印象。前来接站的同事边打招呼边调侃："'四川的太阳、云南的风，贵州下雨像过冬'，虽说是夏天，晚上睡觉还要盖棉被。"本着先生产后生活的理念，周长富与同事住

进了位于邓家岩的单身宿舍，潦草地安顿下来后，很快投入到新站的各项准备工作中。

"三线"建设与六盘水

根根枕木通过段段铁轨相连，铺就了贵昆铁路。一大批铁路人跟着钻进了险峻的山旮旯，多家铁路单位由此诞生。水城车务段、水城工务段、水城内燃机务段、水城电务段、列检所、铁路医院水城卫生所、铁路学校等，为荒芜的六盘水增添了人气。

作为"三线"建设西南地区的主战场，六盘水蕴藏着丰富的煤矿资源，六枝、盘江、水城矿务局三大统配煤矿及水城钢铁厂（以下简称"水钢"）、水城发电厂、水城水泥厂等大中型骨干企业相继建成投产，大量建设物资通过贵昆铁路运进了六盘水，从这里开采的优质煤炭又源源不断地运到西南地区各个建设基地。六盘水站还是连接云南昭通、镇雄及贵州毕节、兴义、盘县、赫章等地区的物资集散地。原本荒凉的六盘水，迅速发展为一座举足轻重的工业城市，成为西南地区重要的能源基地。

随着六盘水货运需求的持续增长，2002年，六盘水南站正式启用，日均编组量达7600余辆，高峰时日均办理货物列车1.2万辆。同时，毗邻六盘水站的水城站、滥坝站的货运量也比较大。"当时的水城矿务局在滥坝站的日均出煤量就有70个车皮。"郭绍文说。

繁忙的水城站货场内，贵铁物流中心水城营业室货运值班员路竣淇正与水钢铁路运输科负责人讨论货运细节。路竣淇介绍，水钢通过铁路发送钢材，高峰时每年达420万吨，到达的原材料在860万吨左右。多年来，双方一直保持着良好的合作关系。

当年的水钢经过改制、重组，如今成为了首钢水城钢铁集团。厂内的一号高炉是建厂时将鞍山钢铁厂二号锅炉整体搬迁而来的，现已成为有上百年历史的文物。曾经，机器的轰鸣吹响了六盘水工业发展的号角；如今，工业遗产静诉着"三线"建设的辉煌，成为这座城市独特的文化符号。

位于六盘水的贵州三线建设博物馆内，收藏了"三线"建设时期极具代表性的生产工具、生活用具及历史文献、文艺作品、照片图片等。这是国内第一家以"三线"文化为主题的博物馆，老"三

首钢水城钢铁集团。 戴铁军

线"人在这里重温奋斗青春，参观者从这里汲取养分。

巴西、老城和黄土坡

　　沧桑岁月，也同样刻印在了城市的建筑之上。水钢有条名为"巴西"的主街，核心位置有座巴西商店。它曾是水钢规模最大、品种最多最全的商店，时常门庭若市。谈及巴西商店的由来，水钢铁路运输科主任王波介绍，在梅花山与葡萄箐之间，曾有一片彝族同胞的居住地叫"巴西"。贵昆铁路修建时，巴西支铁商店就建在半山腰的一户村民家中，极大满足了铁路建设者的生活需求。随

远眺六盘水南站编组场。📷 戴铁军

着水钢的建设全面铺开，巴西商店从"支铁"走进"支矿"的新天地，为水钢人的生活作出了极大贡献，成为了老六盘水人难忘的历史。

当年的六盘水原本是2万人口不到的小县城，城中心在水城，俗称"老城"，乘坐经停水城西站的列车不到10分钟可达水城站。一条不足500米长的主街两侧，挤着低矮、破烂、逼仄的平房。遇上赶场天，盛着苞谷粑的屉笼热气腾腾，偶尔夹杂着几块稀罕的香糯发糕。铁丝圈成的网架在泥巴炉上烤着"吹灰点心"——洋芋。斗大的盆里煨着贵州名菜——酸菜豆米，蘸上辣椒水，搭几碗苞谷饭，不见油星的"大餐"仍令人满足。几块嵌在泥泞中的石头被当作座凳，围坐的乡民轮圈喝起"苞谷烧"，有的眼睛微眯、脸上泛着红晕……

距离铁路生产区2公里开外的黄土坡，在20世纪七八十年代逐渐成为方兴未艾的六盘水新城中心。政府机构、百货大楼、新华书店、菜品较全的农贸市场、地道的水城羊肉粉店都汇集在了这里。东西贯通的人民路串起了黄土坡与水城，难得的好天气里，大家常以"逛一次黄土坡"为傲。

六盘水站西侧的东风路尽头，几十幢年代感十足的老旧楼房圈成了原六盘水机务段的生活区，干净整洁，绿树成荫。时年84岁的吴开德揣着双手、迈着悠闲的步伐在小区里遛弯。从最初的邓家岩到夹皮沟，再到机务段家属区，吴开德一家在六盘水已经生活了近六十年。离不开、舍不得是他内心最真实的情感。作为原六盘水机务段的工会主席，他曾想方设法多开展活动，弥补职工精神文化娱乐生活的匮乏。铁路各单位打几场篮球友谊赛，与水城矿务局联动放几场露天电影……这些都是当年职工精神上的饕餮盛宴。

黄昏时分，职工下班快步回家做饭，姑娘小伙忙着收拾打扮，一家老小匆忙扒拉几口饭，扛起木条凳，提着小马扎，兴高采烈地汇聚到机务段厂区、矿务局机关以及"红大院"等空旷的坝子，占据最佳观影位置，只等夜幕降临电影开始。一两角钱买杯瓜子，倒在废纸折叠的三角形纸斗里，攥在手心，边嗑边看，十分惬意……

跨过时间的年轮，六盘水站区经历了沧海桑田。华灯初上，曾

六盘水站区铁路老家属区。📷 戴铁军

受铁路人热捧的东风路两侧，老餐馆仍亲热地混杂在一起，经营着经典的"水城特色"：烙锅、羊肉汤锅、豆豉火锅……六盘水就像一位饱经世事沧桑的老人，生活的旋律平淡而隽永。

如今，年轻的铁路人大多搬到了凤凰山，那里已然成为六盘水新的地标。历久弥新的六盘水，梅花山、玉舍两大滑雪场正吸引众多游客，冰雪

铁路老家属区一角。📷 戴铁军

"冷资源"正逐步变成发展旅游的"热动力"，"南国冰雪城"逐渐成为六盘水的又一张靓丽名片。

跌宕起伏、斗转星移的变迁中，六盘水那段艰苦卓绝的岁月虽已远去，但那些笃定不变的初心，那段激情燃烧的岁月，那份满腔热忱的情怀，依旧清晰。

（刊发于《西南铁道报》2024年12月14日第1版）

且午站

　　且午站位于云南省宣威市，建成于1965年，是贵昆铁路上的一个五等小站。2012年底，且午站老站房被废弃，新站房距离老站房约300米，为四等站，每天有一趟职工通勤列车停靠。

鸟瞰且午站。　📷 戴铁军

且午，且舞！

许　毅　胡京城　孔维丽娅

且午站

莽莽乌蒙山，耸峙在滇黔。初冬时节的乌蒙山峦被一层细密的烟雨轻柔笼罩，为坐落于云南省宣威市且午村的且午站平添了几分神秘与幽邃。"且午"一词，彝语音为"扯乌"，意思是山脚下稻田旁边的村子。

1965年建成的且午站是贵昆铁路上的一个偏远小站。2012年底，随着六盘水至沾益的六沾复线正式开通，且午站老站房被废弃，在300米开外的铁路线另一侧修建了新站房。且午站成为了成都局集团公司与昆明局集团公司之间的新界口，曾经的界口徐屯站则被改造成了且午站货场，主要办理钢材运输等货运业务。

1988年，12岁的王昌平跟随父亲王银学搬家到且午生活。据他介绍，他的父亲曾参与修建贵昆铁路，之后成为了一名扳道员。在王昌平的记忆中，当时的且午，物质并不丰富，衣食住行等方面都非常简朴。1989年电气化铁路开通前，漫漫长夜里，维系车站臂板信号机光源的是一盏盏添满煤油、擦得锃亮的煤油灯。

"我们家就在老站房背后。"王昌平的思绪很快回到了过去淘气而纯真的年代。在且午小学念四年级的王昌平，最快乐的事莫过于与小伙伴漫山遍野狂奔，钻洞"探险"、采摘野果、挖折耳根。大家还会将树杈缠上一块胶皮制成弹弓，比试谁的弓法更准。没有电子设备的时代，仿佛快乐也比现在翻倍。当王昌平就读宣威来宾镇第十七中学后，他便开启了乘坐火车往返六盘水、宣威两地的求

且午站老站房。📷 戴铁军

远眺且午站。 📷 戴铁军

学生活，从且午站上车坐到凤凰山站，再徒步前往学校。如今，且午站已不再办理客运业务，得益于发达的公路交通网，村民出行主要乘坐穿梭于云南宣威乡镇间的汽车。

2016年，王昌平曾到且午站担任站长。回到从小生活的地方，他感觉既熟悉又陌生。坐火车抵达且午站，最先映入眼帘的一排低矮砖房，便是伴随他整个少年时代的且午站老站房，岁月的沧桑已爬上了门窗及墙垣。相较之下，新站房略显"霸气"，现代感十足。

10时30分，六盘水站开往且午站的57091次通勤列车拖着两节车厢，载着交接班的职工前往沿途小站。25岁的且午站助理值班员廖治谋，2021年刚入路就来到且午站工作。家住六盘水的他苦笑着说："咱们车站比较偏远，职工上下班全靠通勤车。当大家陆续下车，车内职工所剩无几时，我也就快到站了。"

列车一路翻山越岭，钻进隧道、穿过云雾，诉说着一个个坚持与奉献的故事。

"到站啦！"1小时30分钟后，通勤列

车缓缓停靠在且午站。正值饭点，廖治谋的肚子被车站食堂弥漫出的食物香味引得躁动不安，他用鼻子努力嗅了嗅，自言自语："今天'二嫂'又在给大家做什么好吃的呢？"

对且午站的职工来说，车站食堂的饭菜是大家安心工作的助力剂，"二嫂"烹饪出的菜品绝对称得上暖心又暖胃。"二嫂"本名叫曾素芬，其丈夫叶本富在家排行老二，被左邻右舍亲切地唤作"二哥"。作为六盘水工电段职工，叶本富于2012年来到且午工作，"二嫂"也得到了且午站食堂炊事员这份工作，在几平方米的

繁忙的徐屯货场。📷 戴铁军

厨房里尽情挥洒聪明才智。她灵巧的双手加上用心用情的细致操作，让普通的饭菜除了香味儿，还带着浓浓的人情味儿。她尽力保证粗菜细做、细菜精做，除保障车站的十余名职工用餐外，还为机车乘务员送餐。

工作人员正在徐屯货场忙着装卸钢材。
📷 戴铁军

其实"二嫂"并没有多么出神入化的厨艺，除了基本功扎实，更多的是用心。她时常根据大家的口味，有针对性地调整菜品味道，一顿顿可口热乎的饭菜把职工的心聚在了一起。她用一道道美食诠释了爱岗敬业，反映了小岗位也能有大作为。"二嫂"乐观豁达，总是笑呵呵地说："大家上班累，把伙食整好了，才能安心工作。"

作为六盘水车务段开展"调乘一体、站货一体"改革的"排头兵"，且午站工作节奏快、任务重。2014年，徐屯货场吸引了云南曲靖钢铁集团凤凰钢铁有限公司等一批大客户，主要开展钢材运输业务，同步引入了自装自卸模式。

"徐屯货场日均装车35车，高峰时月装车1150车。尽管地理位置偏远，但我们的货运量始终稳步增长。"贵铁物流中心六盘水营业部助理工程师石昌林说。

一列列载满钢材的列车沿着徐屯货场专用线到达且午站，经过现车核对、作业复检等系列操作后，继续驶向远方。

"作为界口站，且午站的作业量比一般的小站要大。"且午站站长郭文介绍，且午站最繁忙的时段主要集中在每天15时至18时之间，两个多小时内高频次接入、发送列车30余趟，车站全员开启"加速模式"，有时忙得连上厕所的时间都没有。车站职工早已练就出一岗多职的本领，个个都成了精兵悍将。"凤凰钢铁有限公司到且午站办理货运业务以来，从未发生过一起因配空不足导致企业需求落空的状况。"郭文的语气坚定而自信。

　　且午这座出黔入滇的"西大门"，赋予了成铁人强烈的使命感。在乌蒙山腹地，车站职工与青山相依，默默坚守在各自的岗位上，尽心尽责、无私奉献，舞出自己的人生。这里的每一寸热土都打上了且午人情感的烙印，塑造着且午的品格，是且午生活的根脉。

（刊发于《西南铁道报》2024年11月21日第1版）

列车驶过且午站。📷 戴铁军

漫记人生

梦萦镇远四十载

· 任灵杰

梦萦镇远四十载

　　从碧波荡漾的乌江到秀美宜人的镇远，从懵懂孩童到年近花甲，四十载坚守相伴，曾任贵阳电务段镇远信号工区副工长的刘尧宏走遍了工区管辖的每一寸线路。

　　在贵阳电务段，提起镇远信号工区，无人不知、无人不晓。该工区文化浓厚，"火车头"奖章获得者、集团公司先进工作者等人才辈出。

　　就是在这样一个久负盛名的工区，刘尧宏倾注了自己的热血与青春，带领着工区一代又一代的职工团结奋斗，在电务事业改革发展的征程中贡献自己的力量。

　　1975年，湘黔铁路全线通车。年仅10岁的刘尧宏跟随父亲从遵

义举家搬迁到位于镇远的大坳站。此后，父亲就任原玉屏工务段大坳线路工区工长，刘尧宏也在线路旁长大成人。

20世纪70年代，铁路大型施工机械少，工务人用得最多的工具是十字镐、铁锹。"那时条件极为艰苦，但父亲每天都乐呵呵的，肩扛铁镐养护线路，风雨无阻。"谈及父亲对自己的影响，刘尧宏感慨万千。铁路建设热火朝天，父亲冲锋一线的身影无比高大伟岸。耳濡目染下，刘尧宏也坚定了自己的职业理想——进入铁路。

1983年，刘尧宏参加工作，成为大坳信号工区的一名信号工。"我上班以后，经历了电务发展的黄金时期，从臂板电锁器联锁到

年轻时的刘尧宏。

电气集中联锁再到现在的计算机联锁，设备的稳定性逐渐提高，对人员素质的要求也随之提升。"刘尧宏说。

1985年，大坳信号工区被合并到镇远信号工区，刘尧宏开始了在镇远的近40年职业生涯。岁月匆匆而过，当年稚嫩的小刘如今已成长为工区的"大家长"。

在镇远信号工区，曾流传着这样一句话："流水的工长，铁打的刘师傅。"工区人员换了几茬，刘尧宏还是铁打不动的"主心骨"。丰富的工作经验和过硬的业务能力，是刘尧宏被大家信赖的关键。

入夏以来，贵州地区阴雨连绵，防洪形势严峻。工区按照防洪要求加强值班值守，这几天正好轮到刘尧宏值班。只见他指尖在键盘上敲击，眼神聚焦屏幕，一组组道岔动作曲线呈现眼前。"管内漏泄区段多，降雨可能导致轨道电路电压下降，影响行车安全，因此需要提前调阅分析，查看实时数据。"刘尧宏一边调阅一边同身旁的同事说。

2024年以来，贵阳电务段为更好地处理工电结合部问题，联合管内涉及的各工务段成立凯里信号车间镇远工电专班。在即将退休前，刘尧宏凭借出众的业务能力被委以重任，就任工电专班工长。

"道岔是铁路运输生产的重要基础设备。处理工电结合部问题时，一定要利用好工电专班这一平台，积极与工务单位对接，尤其是针对绝缘不良、尖轨上翘等问题，一旦发现就要及时联系处理。"从工电结合部的常见问题到处理方式，刘尧宏事无巨细地给徒弟罗张坤讲解。

刘尧宏带过的徒弟数不胜数，有很多走上了管理岗位。"在工作上，刘师傅对我们要求很严格，对自己要求更严格。"现任贵阳电务段党委办公室主任的李泓健曾是刘尧宏的徒弟，离开镇远十余年，回忆起镇远的点滴岁月，李泓健说，"镇远是我职业生涯的重要开端，也正是刘师傅帮我扣好了职业生涯的第一粒扣子。"

如今，刘尧宏的儿子刘封麟也投身铁路，成为"铁三代"。谈及儿子，刘尧宏笑着说："时代在变，设备更迭，我希望他能好好学习高铁知识，继续为擦亮中国高铁这张名片努力奋斗。"

刘尧宏（中）正在进行"传帮带"。　📷 任灵杰

随着标准化规范化建设推进，镇远站区迎来改造，派班室变得干净明亮，就连过道也装点起了文化墙。看着这个待了近四十年的"家"，刘尧宏万般不舍，向年轻职工讲起自己的拼搏岁月。

傍晚的镇远站笼罩在昏黄的天幕下，电铃一响，从四面八方奔涌而来的旅客带来一阵热闹，车走人远之后又归于宁静。指着远处的电务设备，刘尧宏的脚步渐渐放缓，留恋地回味着这方坚守了四十载的土地。

（刊发于《西南铁道报》2024年8月22日第1版）

重迁安土伴桥长

· 吴济佑

风吹浅夏，如长龙卧波的重安江特大桥在江面架起"画框"，取阡陌梯田交错之景，构群山披绿点翠之图。

重安江是贵州清水江水系的一大支流。宽逾百米的水域不吝于向世人袒露它结实的胸膛，但也因此散发出令人望而却步的疏离气质。

1975年，湘黔铁路全线正式通车。咆哮奔腾的江水中，横跨435.8米、全长509.1米的重安江特大桥巍然挺立，独特的上承式钢桁梁结构托举着铁轨跨越山水阻隔，承担起沟通往来的使命。

这一年，彼岸近在咫尺，两岸村民无不欢呼雀跃、奔走相告；这一年，故乡不再遥远，入路15年的杨通明本已定居省会贵阳，却心生了从贵阳工务段调往凯里工务段的念头。

凯里工务段加劳桥路检查工区退休职工杨通明。 📷 顾　垒

　　"火车修到了家门口，既然都是干桥隧专业，为什么不回到生我养我的地方呢？"不顾亲朋再三劝阻，杨通明最终坚持自己的决定，向上级打报告调往了与重安江特大桥相傍的加劳桥路检查工区。

　　然而，得偿所愿的欣喜很快便如拍岸江水般逝去。不过短短数日，杨通明发现，故乡并非如他记忆中的那般温柔。

　　为减轻大桥自重，尽可能增大跨度，重安江特大桥在设计建造之初就采用无砟木枕铺设整个桥面。作业人员站在桥上，透过悬空的轨排间隙可俯瞰重安江面。得益于这一设计，历经近半个世纪的风霜洗礼，面对高峰时期160余趟客货列车高密重载运行，大桥依旧安若磐石。

　　"桥面至江面的距离有15层楼高，而检修便道最窄处只容一人侧身贴着钢梁通过。"杨通明至今仍记得第一次爬上大桥巡线时的胆战心惊，"鞋子完全被冷汗打湿，腿抖得压根站不起来。"

　　心理恐惧尚未克服，新的挑战接踵而至。

　　重安江两岸峭崖对峙，六七级大风常年不休不止地刮着。大桥又高，风力也比低处更大，大风以呼啸的姿态扑向护栏。杨通明和工友们"顶风"作业时，除了用结实的尼龙绳把自己缠得像粽子一样，还把扳手等工具拴在绳上，在保证安全的同时方便取用。

行驶的列车和重安江特大桥检修人员同框。📷 顾　　垒

李复胜正在距离江面几十米的高空作业。📷 顾 垒

李复胜准备下桥进行检查。📷 顾 垒

李复胜需要对大桥的每一颗螺栓都进行仔细检查。📷 顾　垒

时间随着江流滚滚向前，杨通明也成长为工区工长。以新身份面对重安江畔的"老朋友"，他肩上的担子比以往更重了。

上桥作业前杨通明总会亲手为工友们一一系好安全绳，并再三叮嘱安全注意事项。

工作之余，种菜、挖鱼塘、搭葡萄架……他竭尽所能地改善大家的生活条件，让大山里这个因桥而生的工区多了几分家的温暖。

20世纪90年代初，有着33年工龄的杨通明到龄退休。他没有选择位于凯里市区、两室一厅的职工福利房，出乎所有人意料的是他搬到了离工区不远的一幢木屋里。"舍不得这座大桥，已经有感情了。"杨通明说。

那天起，职责使然的坚守化为了长情的陪伴，以更隽永的方式延续着人和桥的情缘。

1999年，杨通明的孙女杨慧灵呱呱坠地。伴随着从木屋传来的咿呀学语声，两年后，在重安江特大桥相隔40米的位置，新重安江特大桥竣工投用，流淌千年的重安江上再次焕发新韵。

"我们现在作业用的安全绳全部交由专业质量监督机构进行防

杨通明和李复胜远眺重安江特大桥。📷 顾　垒

断检定，包含抗拉强度、抗冲击强度、撕裂强度等项点。"据加劳桥路检查工区现任工长李复胜介绍，近年来，段上还为他们配备了无人机、红外热成像焊缝检测仪等辅助桥梁日常巡检的"高科技"设备，极大地节省了人力和时间成本。

一切在变，一切又未变。"杨老他们那一批老职工全部退休了，多年来工长也陆陆续续换了十多个，只有杨老一直守在这里，至今不肯搬离。"提及杨通明，李复胜颇有感触，"雨下得太大时，他甚至会连夜跑到工区来敲门，提醒我们去检查桥墩和桥面。"

受杨通明影响，杨慧灵高考后毅然报考了铁道桥梁与隧道工程专业。2023年，刚入路的她被分配到了凯里工务段安全生产调度指挥中心工作，她的职责之一就是利用音视频等手段实时监控该段管内包括重安江特大桥在内的6座桥梁，继续守护爷爷一生的牵挂。

如今，杨通明已步入杖朝之年。对于当年的"一意孤行"，他至今无悔："这么多年，我陪着桥，桥也陪着我，互相习惯了。"

烟云向晚，落霞成绮，暮色萦绕的群山中，一阵"呜呜呜"的鸣笛声仿佛穿过时光隧道从四十余年前传来。杨通明和李复胜循声望去，又一趟列车正从重安江特大桥上平稳驶过……

（刊发于《西南铁道报》2024年6月22日第1版）

黔事过往铁路情

● 许毅 倪玺 管倩

黔事过往路情

山中有城、城中有山，贯城而过的南明河水清岸绿，清晰地映着蓝天与林立的高楼。三伏天的贵阳一城清爽、宾客云集，应验了那句"一半烟火，一半清欢"。顺着蜿蜒的母亲河南明河，记者一行走进河南庄，倾听半个多世纪以来为铁路人所眷恋的往事。

河南庄里的"贵客"

赫赫有名的河南庄，其实是南明河南岸空旷的田园，其间的铁运巷笔直狭长，巷首的楼房是贵阳客运段的职工宿舍，从贵阳站步行10分钟可达。巷子一侧的围墙外是向外延展的铁路线，另一侧是一字排开直至巷尾的4幢老楼，容纳了230户"贵客"人在此安居

群山环抱的贵阳市，铁路架起发展通途。📷 顾 垒

乐业。

夏日的阳光透过稠密的树叶洒落下来，成为星星点点的金色光斑。午饭后，几位上了年纪的老人围坐在家门口唠着家常。听闻我们也是铁路人，赶紧起身招呼落座。

85岁的任陇玉精神矍铄，打开话匣子聊起熟悉的过往："老伴是列车员，我在洗浆房工作，常常夜里两三点到站台接回使用过的卧具，下了夜班还要'打煤巴'，烧锅炉，烘烤洗净的卧具，一干就是15年，很是辛苦。"

让任陇玉引以为傲的是五个子女都很争气。有在政府部门工作的，有在学校当"一把手"的，还有子承父业在铁路上班的。子女一个个先后成家搬走，却劝不走任陇玉，她舍不得家里40多年熟悉的气息和融洽的邻里，甚至离不开枕前列车驶过的声音。

刘栋友一家五口住在中间单元的两居室里。他利用一楼的便利，拓出三间砖房开起了小卖部，兼给邻居代收快递。1975年，湘黔铁路开通，他与爱人从息烽工务段调入贵阳客运段，值乘贵阳至怀化的旅客列车。"随着我们这批人的加入，客运段从原有的400多人扩充到了千余人。"刘栋友说，"比起在工务段抡八斤半洋镐，体力上轻松多了。"

须发皆白的彭华山蜷缩在椅子上晒太阳，面朝铁路，思忖着当年在餐车当厨师的过往。"94了！"彭华山的耳朵不太灵光，笑吟

河南庄里的铁运巷。📷 石宗林

彭华山在介绍往事。📷 石宗林

吟地连比带画介绍自己的年龄。

　　手握一杯清茶，耳畔响起列车驶过的"哐当"声，铁路人讲述的故事久远而悠长……

遵义路上的摩天大楼

　　与贵阳站衔接的主干道是遵义路，这条长约2公里、宽60米的迎宾大道在"地无三尺平"的贵州来说算得上"霸气"。路边延伸出城市公交、省内长途客运站，载着刚下火车的归家人驶向城区或地市州的旮旮旯旯。

　　在贵阳站周边的黄金区域内，铁路建起了一座直插云霄的摩天大楼——通达饭店。人字造型、21层楼高，头顶的"圆环"是全省唯一的旋转餐厅，再有"旅游（涉外）三星"的头衔加持，在20世纪90年代初期是贵州省数一数二的酒店。

通达饭店的经营模式为自负盈亏，它的诞生代表着"铁老大"放下身段、主动拥抱市场的决心。学酒店管理专业的王屹，刚毕业就入职新开业的通达饭店，亲历了饭店从起步到辉煌的时代。作为饭店的元老级员工，聊起过往种种，她饱含深情，思绪瞬间回到了高朋满座的场景。据她介绍，饭店于1993年从北京引进优质涮羊肉，供应火锅自助餐，轰动全城。尤其在冬至前后，同时能容纳500位客人用餐的餐厅座无虚席，甚至还有很多客人等着排队喊号。饭店员工人手一个对讲机，用最快的速度"翻台"，想尽办法安顿客人就餐。

"在当时物质资源还不算丰富的贵阳，花亲民的价钱吃一顿肉质鲜嫩、滋味浓郁的北京涮羊肉，性价比非常高。"贵阳车务段原工会主席穆云飞对通达饭店的"金字招牌"记忆犹新。

王屹清晰地记得她上班第一年的平均月收

通达饭店。 📷 石宗林

入是153元，当基本工资涨到200多元时，餐饮提成最"猛"的一个月她拿到了999元，兴奋得给全家老小都买了礼物。

在旋转餐厅里凭栏而立，仰望天幕、俯瞰全城，细数贵阳站周边往事如风、过客匆匆。

没有飞机的飞机坝

"热辣滚烫"的小吃街、充满文艺气息和松弛感的路边音乐会，令夏日的贵阳热闹非凡，吸引了大批旅客慕名前来。坐落于飞机坝的二七路小吃街、距贵阳站500多米的青云市集都是旅客"逛吃"的好去处。

青云市集一角。📷 石宗林

　　顺着平坦开阔的飞机坝漫步，原《贵州铁道报》总编辑周廷高娓娓道来："这个地方最早叫玉田坝。'坝'在贵阳话中指平坦的地方。1936年，贵阳建起了机场，抗日战争全面爆发后，机场因设施不全被闲置下来，因此当地人习惯称之为飞机坝。"

　　1958年，飞机坝迎来贵阳站这位新朋友，大批旅客在飞机坝落脚，小吃摊、小旅舍应运而生，铁路单位、福利房和自建房如雨后春笋般拔地而起。

　　当年，居民楼外墙是不贴装饰面的，砖的本色便是楼的颜色。即便如此，住在楼里的人家也令大多数人羡慕。这些楼遮挡了脏乱的油毛毡棚，数十条狭窄的巷道熙来攘往、毂击肩摩。

　　在鸡犬相闻的飞机坝，谁家有点事儿，邻居们都会随点份子钱，道个喜或道个恼。有的街坊是棋友，随意支个棋局，"杀"一盘；有的是酒友，炸盘花生米或是喊上两只豆腐果，"走"两圈。

　　60多年过去了，飞机坝的一部分老旧楼宇拆换成了商业体，其他老楼则换了层"外衣"依然林立。一街之隔，恍惚发现在飞机坝，低矮民房与高楼大厦紧邻，市井烟火与都市繁华共存。

（刊发于《西南铁道报》2024年8月17日第1版）

『快与慢』里的飞驰人生

● 许毅 廖佳 兰天

"快与慢"里的
飞驰人生

　　初冬的雨在玉屏站淅淅沥沥地落下，轻敲着5639次"慢火车"的车窗，整个车站笼罩在阴湿的雨里。

　　11月22日7时50分，车厢洗脸间的整容镜前，石重琪整理着对讲机的耳麦、胸前的党员徽章和胸牌，捋了捋头发、擦了擦眼角。望着镜中的自己，她暗自思忖仅剩一年半的客运职业生涯，感叹时光易逝，思绪瞬间飞回到26年前值乘Z78次列车的青葱岁月。

　　时光悠悠流转，匆匆已是多年。1997年4月1日，全国铁路第一次大面积提速调图，从贵阳站开往北京西站的Z78（最初为150次）次列车担当车底升级为25G型空调车，运行时间调整为夕发朝至。同年11月，"铁老大"主动走向市场，首次面向社会公开招聘200名

石重琪服务"慢火车"上卖菜的旅客下车。 📷 沈向全

列车员。通过层层遴选及严格考核，22岁的石重琪在1998年初成为了贵阳客运段进京列车的一名列车员。

"头一回以铁路职工的身份到北京看天安门，别提有多兴奋了！"石重琪回忆当时穿上崭新的铁路制服，瞧着镜中的自己，"英姿飒爽、十分顺眼"。

重峦叠嶂，云雾缭绕，车窗外闪过长满水稻的梯田和喀斯特地貌的群山。作为贵州省开行的第一趟进京列车，Z78次列车已驶过46个春秋，它承载着几代人的记忆，更是一段历史的见证。这趟列车犹如一条绿色丝带，沿着湘黔铁路和京广铁路，驶过贵州、湖南、湖北、河南、河北、北京等省市，全程2536公里。

　　1998年10月1日，全国铁路第二次大提速调图正式实施。石重琪值乘的Z78次列车车底更换成了新型的25K型车，列车最高运行时速可达160公里。随着贵州外出务工潮的悄然兴起及商务交流的频繁，加上沿途众多高校带来的学生客流，这趟列车的客座率和换乘率持续上升，时常一票难求。

　　春运高峰时，车厢里更是挤得水泄不通。"那时，一节定员118人的硬座车厢往往要挤上400多人，车门边、洗脸间、过道上都站满了人，客流最高峰时，厕所里都要挤进去7个人。"石重琪说。

　　石重琪赶上了中国铁路飞速发展的黄金时期。她亲历了铁路十年间的六次大提速，看着Z78次列车单程运行时间从起初的50多个小

石重琪值乘的"慢火车"驶向多个方向。　沈向全

时缩短至如今的27小时55分钟，也见证了车厢里的服务设施更新换代：布艺质地的联排座椅、电茶炉中随时可取的开水、夏天车厢顶部吹出的丝丝冷气、冬天电暖器散发的阵阵暖意，窗明几净、地板锃亮、车厢密闭性好、噪声减弱……

在2013年前，石重琪年均值乘里程数约为25万公里。2013年，石重琪从快车"降速"到了"慢火车"，身份从列车员升级为列车长。从此，她的年均值乘里程数骤降至约10万公里。

5639次"慢火车"从玉屏站驶出，走走停停近8个小时，经过16个站才抵达贵阳站。这趟车票价低廉、乘坐方便，成为了沿线上百个苗乡侗寨的老百姓添置家当、购买农具、出售农产品、走亲访友、外出务工或求学的主要交通工具。

面对"慢火车"上老职工的"松弛感"，石重琪把以往工作中的优良传统带到了新班组，努力用高标准、严要求让大家重拾"贵在坚持、客在心中"的初心。她值乘的列车上，卫生必须"车内四壁无尘、物见本色、空气清新、厕所没有异味"。

石重琪还把容易忽略的作业项点进行"网格化"分工：整容镜的擦抹由负责查危工作的列车员包保，补票员要兼顾做好车内镜框的擦抹，犄角旮旯的卫生交由宿营车列车员一管到底。

在石重琪的班组，制服必须熨烫平整，她认为这是铁路客运人对职业起码的尊重。老职工们在石重琪以身作则、循序渐进的细致管理下找到了年轻时的感觉，将作业标准、服务质量和精神面貌都提高了一个台阶。

"把旅客当作亲人、向他们提供专业的服务"是石重琪的初心。这些年，她迎来送往了一车又一车的旅客，见证了他们一年又一年的变化，从"走得了"到"走得好"，大家旅途生活的重心发生了改变。

5639次与Z78次，一慢一快的两趟列车，都行驶在湘黔铁路上，然而石重琪却有着不一样的值乘体验。她说："在'慢火车'上，有新鲜的蔬菜味、浓浓的人情，还有淡淡的乡愁味。"

每趟值乘，石重琪几乎都会遇上外出卖菜的村民，有时遇到菜没有卖完的，她会尽己所能购买一些，为村民增添一点收入。考虑到村民偶尔会因肠胃胀气产生不适，或是不小心被菜筐上的藤条、铁丝划伤手指，石重琪的乘务箱里总会备上创可贴、健胃消食片、针线等日常用品，以应不时之需。

一分耕耘一分回报。一次值乘中，石重琪感到颈椎不适，巡视车厢时下意识地晃了晃头。这一幕被旅客中的"老熟人"李红梅看在了眼里，她掏出自用的苗药，为石重琪喷涂按摩缓解疼痛。十余年来，李红梅每周乘坐5639 / 5640次"慢火车"往返于贵阳站与福泉站间。"票价便宜，服务温馨，列车员会主动帮忙提拿行李、引导入座，尤其是对老年人的服务更为周到。"李红梅说，她与这趟"慢火车"结下了深厚的情谊。

对旅客用心，对职工也贴心。石重琪希望通过自己规范且不失人情味的引领，让职工在遵章守纪中有获得感——工作更顺心，生活更幸福。

车厢里，石重琪与旅客交流。 📷 沈向全

"我们公认她强势、有点凶，但人好，是真的好！我十分感激她……"老职工鲁明贵将他与石重琪的故事娓娓道来——曾经的鲁明贵爱"挑事儿"，工作上吊儿郎当，衣着不讲究，遇事儿怪里怪气、爱发牢骚。石重琪想去鲁明贵家里看看，却被推阻了多次。当得知鲁明贵丧妻多年、生活无人照料时，石重琪似乎找到了"症结"。

"鲁明贵有不少闪光点，善良、责任心强、按时交纳党费……"石重琪经常鼓励鲁明贵，并为其介绍对象。

"现在的媳妇就是石车长介绍的，知冷知热，日子过得很舒心。"鲁明贵有些不好意思地浅浅一笑。

　　现在的鲁明贵，既是工作上的"标杆"，也是石重琪得力的"左膀右臂"，为人平和、做事主动、敢于担当。

　　在石重琪的引领下，班组氛围十分和谐，即使退乘回到家，职工间仍会彼此牵挂、问候——任秋林该吃的药没忘吧？降温了，鲁明贵有没有戴护膝？周军霞的小孩最近压力大不大，状态还稳定吧？

站台上，石重琪引导带孩子的旅客。📷 沈向全

如今，美丽乡村游正成为新时尚。5639 / 5640次"慢火车"途经苗乡侗寨，串起了得天独厚的乡村旅游资源，吸引着越来越多的游客乘坐打卡。尽管离退休越来越近，石重琪却忙着"充电"，为当好沿线美食美景向导储备知识。列车上，一名旅客顺着石重琪手指的方向望向窗外，青山绿水掩映下的苗家吊脚楼鳞次栉比、欣欣向荣。

二十六载的快与慢、走与停、出发与退乘，石重琪对客运工作饱含深情。她不愿以退休作为休止符，想带着父母沿曾经值乘列车的轨迹，一站站地游览，与熟络的小站职工聊聊天，到盛情相邀多次的老乡家里做做客，细数"跑车"生涯中的铭心往事……

（刊发于《西南铁道报》2024年12月3日第1版）

那山，那桥，那些人

许毅 姚遥

初冬时节，乌蒙大地"细雨生寒未有霜，庭前木叶半青黄"。大自然的鬼斧在乌蒙高山上雕琢出了貌似朵朵梅花的山峦，造就了没有梅花绽放的梅花山。山上空气稀薄、浓雾弥漫，阴雨绵绵、呵气成霜。

六盘水工电段梅花山综合车间的办公楼院墙外，两条锈蚀的铁轨匍匐在半人高的杂草中，伸向幽邃的山肚。隧道口正上方，隶书体的"梅花山隧道"五个大字典雅肃穆、方劲古拙。拧亮手中的强光电筒，随着踩踏道砟发出的"嚓嚓"声，记者一行步入了已停用12年的梅花山隧道，与这座半个多世纪前建成的伟大工程共赴一场跨越时空的邀约。

俯瞰梅花山隧道（左一）、新梅花山隧道、乌蒙山一号隧道（右一）。📷 董友平

　　走在前面领路的小伙许玉雪是六盘水工电段梅花山综合维修车间党总支书记，不时提醒大家"当心脚下"。为了缓解途中的乏味，他操着河北口音的普通话，聊起了他的梅花山生活。2012年，许玉雪从石家庄铁道学院毕业，告别了太行山下的亲人，来到贵阳供电段梅花山接触网工区工作。这里跟家乡一样"开门见山"，许玉雪起初并没有心理落差。进入11月，天气变得阴冷潮湿，大家需要依靠吃辣椒祛除身上的湿气，他开始对乌蒙山四季不明的气候感到不满。六沾复线开通运营前夕，眼见老师傅们忙得"一个顶仨"，插不上手的无力感令他沮丧。

　　许玉雪无意间得知梅花山竟然有三座隧道。第一座是六沾复线

上的乌蒙山一号隧道，全长6541米；第二座是内六疏解线上的新梅花山隧道，全长1724米；第三座是贵昆铁路上的梅花山隧道。

"我当时打心眼里没把老梅花山隧道当回事，真是无知者无畏！"许玉雪自嘲道。时任该段供电车间主任的何蕴甫为许玉雪"开小灶"，上了一堂关于贵昆铁路梅花山隧道的思政课——

梅花山隧道全长3968米，海拔2019米，是当时西南地区海拔最高、贵昆铁路全线最长的铁路隧道，其穿越地段地质结构异常复杂，山里暗河纵横汹涌，施工难度特别大。著名数学家华罗庚曾来到梅花山，对隧道建设进行实地考察和现场指导。"隧道建设过程中，有25名铁道兵献出了宝贵的生命！"听到这里，许玉雪内心翻江倒海。梅花山恰似大地的脊梁，历经了岁月的沧桑更迭，承载着历史的厚重沉淀，让这个远道而来的年轻人既敬畏又好奇。

已停用的梅花山隧道。📷 顾　垒

原六盘水工电段六盘水南线路车间副主任唐井华，迈着矫健的步伐与我们一路同行。60岁的他依然清晰记得30多年前在梅花山养路工区的过往，仍然对巡检过上千次的线路非常熟悉，感情深厚。

"走出去就是深山小村曹家沟，以前每周二赶场，我们干活遇上饭点，会到乡场上买吃的。"唐井华指了指隧道出口的方向说。如今，梅花山每周二赶场的习俗没有更改，只不过地点挪到了离新梅花山站不远处的空旷地带。

曹家沟往西是近两公里长的蜈蚣岭隧道，穿过隧道随即来到观音岩大桥。1966年3月4日，西南铁路工程局铺架队与中国人民解放军七六五九部队铺架队在大桥上会师接轨，标志着贵昆铁路这条西南大动脉的建成。为纪念这一历史时刻，建设者们浇筑了一块刻有"贵昆铁路接轨纪念"字样的水泥碑，嵌在大桥中部的避让台栏杆上。2012年底，观音岩大桥停用后，六盘水工电段将这块纪念碑珍藏在了段史馆内。

观音岩大桥桥头的山腰处炊烟袅袅，在这里居住了几十年的几家农户见证了大桥从无到有、从喧嚣到清寂的历史。家门口的大桥曾是他们日常生活的"补给线"，也连接着老乡们彼此间的情感。

山路重重，隧道绵绵。穿过梅花山隧道后，便来到了海拔1784米的天生桥。天生桥是全国第一座钢塔式特大桥，也称作可渡河特大桥，享有"天生桥上桥又桥"的美誉。桥下，云贵接壤的山体形成了一道山梁，湍急的可渡河水从山梁之下的岩溶洞中滚滚流过，奔腾的激流声响回荡在云南宣威的双河乡山谷。

2012年的新老天生桥。宣威双河乡供图

天生桥跨越滇黔两省，连接起峭壁之上的狮子口与老虎嘴两座隧道，创造了"虎口拔牙"、天堑变通途的历史。大桥全长525.5米、高50米，其中有6座桥墩位于地质薄弱地段，采用万能杆件拼装柔性钢支架。桥墩构件由沈阳桥梁工厂制造，运至广西过境越南，又经滇越铁路从越南河内市运至云南省曲靖市沾益区，再用汽车周转至工地。如今，天生桥上的钢梁、钢结构桥墩已被拆除，只剩下6根片石与混凝土混制的桥墩，完成了历史的交接，像不朽的丰碑矗立在新天生桥特大桥旁。

在这座2012年底投入运营的新大桥上，时年46岁的彝族汉子吴锋正带着六盘水工电段且午桥路工区的职工为大桥"体检"。他们

新天生桥和只剩桥墩的老天生桥。📷 董友平

对这座全长669.5米、高103米特大桥上的每一颗螺栓都了如指掌，逐一检查其是否有松动、锈蚀或裂损的情况，还用手中的检查锤敲击桥体的不同位置，通过敲击声判断桥体情况，不漏检任何病害。

吴锋的父亲吴仕香自贵昆铁路开通运营时就负责检修老天生桥，每个月要对大桥支座钢梁系统和桥面轨道、轨枕、连接扣件等进行全面检查，他把一生都奉献给了大桥。1996年，吴锋接过守桥的接力棒，沿着父辈的足迹，成为了新一代的桥隧工。在一老一新两座天生桥上，父子俩用坚守诠释了两代铁路人的担当——不畏远、不畏苦，只为实。

令人欣喜的是，如今废弃的贵昆铁路遗址引起了社会的广泛关

老虎嘴隧道遗址。📷 顾　垒

狮子口隧道遗址。📷 顾　垒

吴锋（右）为记者介绍新天生桥特大桥。📷 董友平

注，越来越多的人加入到工业遗产保护的队伍中来，为弘扬优秀工业文化、赓续历史文脉付出了极大努力。云南省宣威市双河乡成立了文旅专班，班长黄超近年来一直为贵昆铁路木嘎至天生桥段的申遗工作忙碌不已。在大家的不懈努力下，这段遗址已于2023年被列为云南省曲靖市市级文物保护单位。2024年时，天生桥下的可渡河漂流项目正在加紧建设中，有望于2025年对游客开放……

雨过天晴，阳光若隐若现，岁月宁静而美好。微风轻声呢喃，诉说着那山、那桥和那些人的故事。

（刊发于《西南铁道报》2024年11月26日第1版）

「漫」记「黔」行正沧桑

· 付世坤

一支笔头写华章，一个镜头拍人生。成都局集团公司融媒体中心于2024年5月退休的资深老记者石宗林20年间奔忙于贵州铁路沿线，俯首铁道、仰望星辰，聆听悠长的笛音，感怀飞驰的动车，以上千篇报道、数百万字、数千张图片、十余次获奖，寄予苍茫动脉以绵绵深情。

满目巨变：尽展生机 孕育希望

当过6年老师、7年电视台技术人员、6年宣传部科员，2005年因铁路机构调整，石宗林成为一名专业记者，肩负起贵州铁路的新闻报道工作。

拍摄中的石宗林。 📷 顾 垒

　　老师似蜡烛，记者又何尝不是？与记者工作相关的三段经历，为石宗林积淀起得心应手、水到渠成的职业优势：用心写文章，用情拍图片，用赤子情怀书写熟悉到"家"的贵州铁路。

　　"以前'绿皮车'跑得慢，一票难求，旅客出行毫无舒适可言。"退休后，出生于重庆的石宗林再次坐上"绿皮车"，从贵阳到北京、北京到成都，再从成都到贵阳，回想起当年春运用镜头拍下的那些画面，不免心生感慨："'绿皮车'时代，在外打拼一年的贵州老乡肩扛手提，牛仔包、尼龙袋把车厢行李架、座椅下甚至过道塞得满满当当。买票的人群黑压压地挤满了站前广场，为了一张车票得守候几个通宵。"

　　"冬去春来，似乎在不经意间，贵州铁路就发生了翻天覆地的变化！"石宗林自豪地说，"作为贵州铁路发展的见证者、参与者、记录者、宣传者，我感到幸运和骄傲。"

　　2014年12月26日，贵州省首条高速铁路——贵广高铁建成通车，贵州省迈入高铁时代。

　　"当时非常热闹，站台上穿着民族盛装的各族同胞载歌载舞，庆祝贵州迈入高铁时代，特别是当动车驶过这些地区时，上万名群众到车站外观看，并纷纷用手机记录这一时刻。"那时，作为记者的石宗林举着相机来回奔跑，在快门的"咔咔"声中记录下了这些动人时刻，并精心写出通讯报道《手机上的中国》，后获得中国企业新闻奖通讯类二等奖。

石宗林在"慢火车"上采访旅客。📷 潘　宇

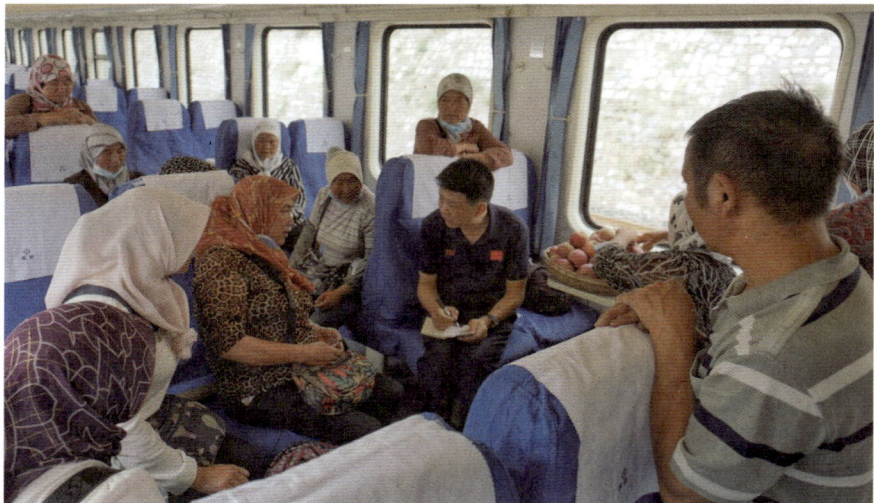

"我很高兴、很自豪，不是为自己获奖，而是眼见贵州人民受益于铁路，过上了好日子。"石宗林深情地说，"你看现在的动车上，轻便的拉杆箱早已成为打工返乡人的'标配'，'千里走单骑'的'返乡摩托车大军'也已成为记忆中的春运风景。高铁不仅打开了贵州人民的'出山'通道，也加快了贵州走向振兴的步伐，使得贵州的潜在优势逐步变为现实优势。"

于此时此刻记录下此情此景，石宗林创作出了一篇篇新闻稿件、拍摄了一幅幅新闻图片：2018年，新闻图片《巨变中国》荣获中国图片社评选的"巨变中国（1978—2018）四十年典藏"铜奖；2020年，新闻图片《建设者》被中国铁道博物馆收藏……

满怀使命：记录一线 书写平凡

"黔"行"漫"记，漫记黔行。贵州千里铁道线上，石宗林驻小站、走区间，深入调车场，走到一线职工身边。他熟练地"挥舞"着自己的镜头，"咔咔"的快门声刺激着他的神经，他争分夺秒地抓拍那最美的瞬间。一篇篇报道、一幅幅图片连绵涌出。

2006年冬季，地处贵州南大门的麻尾异常寒冷。这里是典型的喀斯特地貌，山多土少，食品资源匮乏，外运来的蔬菜肉食十分昂贵。麻尾铁路公寓的一名炊事员为了节约成本，便和当地种有蔬菜的农民商量好，每天凌晨挑着箩筐到地里采摘蔬菜。

石宗林听说这一新闻线索后两眼放光，立即动身赶往麻尾站，跟着炊事员凌晨出发，进行了为期三天的实地采访拍摄。几天后，

石宗林用镜头真实记录铁路职工作业场景。📷 石本驹

一版图文并茂记录这位炊事员工作的报道《扁担采购员》呈现在铁路职工面前。

2006年春运，贵阳站迎来了一群特殊的旅客——组团出行的务工人员。面对这一情况，贵阳站职工展现出了高度的敬业精神和热情的服务态度。他们早早地做好准备，引导务工人员有序进站、候车，帮助他们搬运行李，耐心解答各种问题；在列车上，列车员贴心地为其送上热水……石宗林对此全程采访、逐一记录，通讯报道《民工"组团"出行》第二天就登上了《西南铁道报》头版头条。因为有温度、接地气，管中窥豹地折射出了贵州交通与经济的发展，这篇稿件获得2006年《工人日报》"年度好稿"三等奖。

贵州是多民族省份，民族风情百花齐放，石宗林的"新闻鼻"随时随地、灵动捕捉着"最时代"。2007年春运期间，运行在凯里地区的列车上来了一群"民族舞者"，石宗林一气拍出100余张照片，精心选出一张命名为《浓缩民间风情　展现贵州风采》的图片，后获得当年全国"新春杯"头条新闻大赛二等奖。

贵州的山、水、铁道线，在石宗林的笔端、镜头中焕发着生机。他用"眼力"发现新闻，用"脑力"思考新闻，用"脚力"走出新闻，用"笔力"写出新闻——左手镜头右手笔，字句和光影深情地讲述着贵州铁路的故事，深刻地记录着沿线的细微变化，把新闻人的情怀与担当渗透于新闻的每一个细胞。这一干，就是近20年。

满含激情：理想常在　记者"记着"

2024年5月9日，贵阳。

16时许，初夏的阳光透过窗棂，欢声笑语、掌声阵阵。成都局集团公司融媒体中心大型采访活动"黔行漫记"启动仪式后，紧接着就是石宗林的退休座谈会。

大家争先恐后发言，同事以一首《临江仙·贺宗林光荣退休》话别："渝林京蓉书旅程，三九正是青春。一支粉笔育学生，春蚕吐丝尽，何须桃李心？风笛欢歌唱复兴，'四力'舞动正劲……"这一场采访活动，也是对石宗林告别记者生涯的最有意义的纪念。

"黔行漫记"讲故事——讲心中的故事、讲高铁的故事、讲新时代变化的故事。石宗林笔下石玉华的故事，让人感慨万千、唏嘘不已。

"石玉华，她是一名铁路的普通旅客，也是侗族大歌传承人。每年农闲时节，她都会和村里的姐妹们受邀去广东参加数场侗族大歌表演。"石宗林回忆道，"她的话我记忆犹新，她说自己做梦也没想到，祖祖辈辈流传下来的歌舞能走出大山，成为致富的资源。肉眼可见的事实是，高铁红利惠及沿线各地，贵州人民的生活被真真切切地改变着，高铁经济大放光彩，驰骋在贵州高原的动车正在以前所未有的'加速度'，改变着贵州人民的生活。"

"见证沧海变桑田，我写，我拍，故我在。"20年的采访、20年的拍摄、20年的讲述与写作，特别是铁路20年的变化带来的震撼，成了石宗林难以忘怀的记忆。

石宗林如数家珍地回顾道："2014年，贵广高铁建成，贵州进入高铁时代；2015年，沪昆高铁东段开通，联通京津冀、长三角及中部

石宗林与年轻记者交流工作心得。📷 张志力

地区……2023年,贵州首条时速350公里的高铁——贵南高铁开通。十年间,'地无三尺平'的贵州以几乎每年新开通一条高铁的速度,'高调'地造福沿线城市和村庄,展示着不可阻挡的'中国速度'。"

贵州铁路快速发展的10年,每一个重要时刻,石宗林都没缺席;每一次重大事件,石宗林都在岗。无论是抗击冰雪凝冻的前线,还是高铁试运行的现场,无论是大众瞩目的劳模,还是关乎民生的运输,他总是第一时间抵达一线,用敏锐的视角捕捉每一个细节,用犀利的笔触、精准的镜头记录每一个瞬间,如同时代的眼睛,让受众看到真相、接受真情、感受力量、见证历史。

2024年3月,在讨论此次行走贵州铁路的大型全媒体采访活动的主题时,"东道主"石宗林灵感迸发,贡献了"黔行漫记"四个字。巧的是,他的新闻之路,不也正是一场跋山涉水的"黔行漫记"吗?

2024年末,历时8个月的"黔行漫记"行近尾声。始终关注着这次采访活动的石宗林,看着作品下面"粉丝"们的真情留言,不禁感慨:"这就是行走的力量,记录的力量。"

"新闻理想的'骨感'与'丰满',每个时代皆有之,需要有情怀的专业新闻人去实现。"石宗林说,"我已经退休了,想给年轻的记者提个建议。既然选择了新闻、选择了成为记者,就应做到不忘初心、保持记者底色,记着坚守、记着担当、记着求实、记着在场,最重要的,是要记着人民性,与时代同行。"

(刊发于《西南铁道报》2024年12月10日第1版)

漫笔 万象

黔行漫记

今朝梅花把酒表
明天大桥都满山
十里山路打望智
欣居直神宵筏

湘黔铁路

起自湖南株洲，终到贵州贵阳，1936年开始勘测，1972年建成，前后波折历时37年，克服万难以建成。沿线穿越崇山峻岭和崮岭深山。贵州省境内大龙至贵定段有185座隧道、183座桥梁。

沪昆铁路

这次我们要前往的是在的，是在"三线"建设时期修建的湘黔铁路和贵昆铁路（后合并成为沪昆铁路贵州段）的修建十分不易，仰赖各界一心，克服万难以建成。在贵昆铁路建设初期，著名数学家华罗庚，远道辛劳奔赴实地考察，运筹帷幄中以梅花山隧道凿通时，曾撰联赋诗，赞颂这一壮举——

黔桂铁路成为沪昆铁路和贵昆铁路，它们合并建成之前的沪杭铁路、浙赣铁路、成渝铁路，是连通西南地区的重要通道，成为全国铁路干线之一。

大龙站

湘黔铁路大龙站，是沪昆铁路成都铁路局集团的公司辖内的客，该地矿产丰富曾经多货岭往来不绝，1997年停办客运业务，现在是贵州三大物流货运地之一。

起点，该地矿产丰富曾经多货岭往来不绝，1997年停办客运业务，现在是贵州三大物流货运地之一。

玉屏站

水清似玉，山立如屏，
为黔东门户的玉屏美景如画，
周边也有诸多旅游胜地。玉屏
箫箫有百年历史，为"贵州三
宝"之一。

凯里站

起自贵州贵阳，终至云南昆明，1958年开工，1966年建成。该线穿越崇岭嘉原乌蒙山区，沿线工矿林立，运输繁忙，全线有隧道187座，桥梁301座。

六个鸡

位于凯里市六个鸡村的小站⑥，为站名独特成为了网红，引来游客打卡，而在大江南北民族地区是西南北尤其是还有很多这样的小站正在安静"不明觉厉"后的地运营。

■图/文 马铁牛

川黔提速

车轮滚滚，时代向前，2016年12月28日，沪昆高速铁路全线正式通车，更进一步缩短了西南地区与毕节、华东和华中南地区的时空距离。新时代里，作为"高铁"的沪昆铁路现在扮演着什么样的角色呢，让我们共同探讨与见证……

"三线"建设中崛起的工业新城"凉都"六盘水，是一座"火车拉来的城市"。就让我们坐上三线建设博物馆，倾听它的诉说讲壮阔，感受那段艰苦卓绝的峥嵘岁月。

若您有兴趣走两条窄轨的这些旅程，当看见沿边的民族风情、地道的特色美食，丰富的旅游景点会令人眼花缭乱，一起期待黔行记者为您呈现。

天生桥，贵昆铁路的重要桥梁，墩高60多米，是当时中国最高的钢塔架轻型桥梁桥，其钢梁高的运送还经历了神奇的旅程，如今是何景象？一起去探访。

1920年，湘黔铁路建设会故，甘田坡1号隧道由田中三连八名女民兵完成，为纪念八名女民兵在铁路修建史上的不朽功绩，甘田坡1号隧道被命名为"三八隧道"。半个世纪过去，隧道运行良好。

"关寨站"几个宁是邓小平同志亲笔题名，它的背后有什么样的故事了？

"人比火车快"，在青开桂荷马岭上，能走得马岭上，一眼看尽到蜿蜒攀限的四层铁路，工程壮观，限的通勤小火车厢的通勤小引人遐思。

作为成都、昆明两局集团的公司分界口的小站目午，拥有一趟两节，火车是否有惊人的故事？

复工复产 稳生产 促发展

黄门

六盘水

北盘

三八隧道

关寨站

大矣龙

满记，前行！

■李谷静 绘

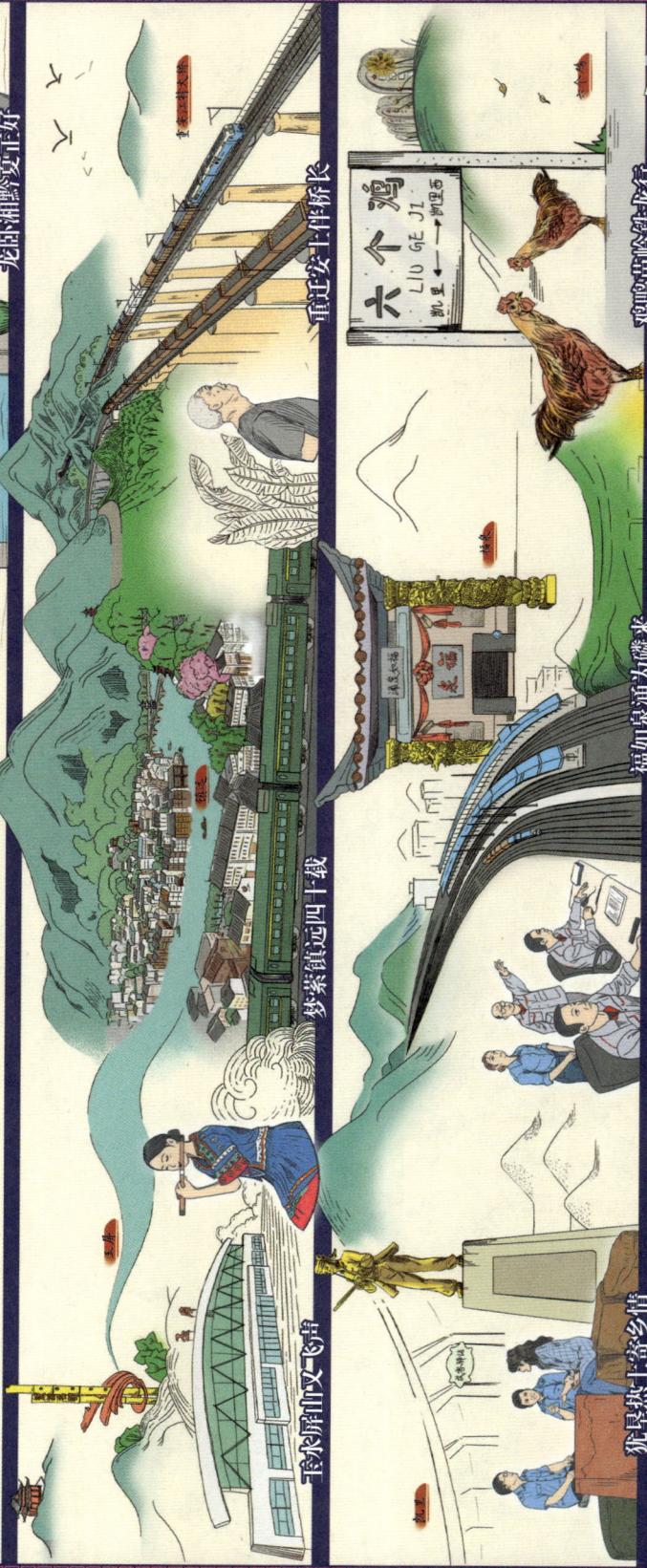

"黔行"，前行

■马铁牛/图 许毅汶

从省内湘黔铁路最末端的大元站到省内省内寄端的且午站，从春暖花开到隆冬时节，历时七个多月，采访团队步行千余公里，横贯黔黔中大地，行行于贵州铁路的昨天和今天，这是一项见初心的投入，一程是真情的感悟，一段身冷暖的相期，一次懂人心的见证

龙邸湘黔变更好

重证安下伴解长

鸡鸣苗岭铁龙行

梦索馆迎四十载

飞水屏加文心语

福加泉浦为嫖米

犯星热上话乡情

六 个 鸡
LIU GE JI
约里 →→ 沙里西

117

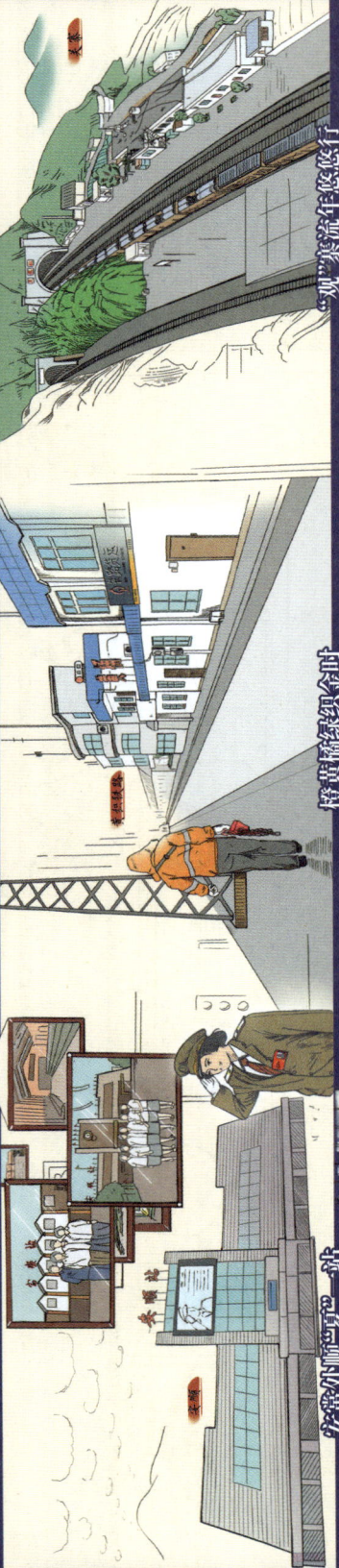

旦午·旦舞

那山，那桥，那些人

贵州铁路的建设运营曾创造了一个时代的奇迹，那终将已逝去，但那些奔涌的岁月里是那初心，那些激情燃烧的岁月和那些奔走在铁道上的身影，以及那些满腔热忱的情怀，却依旧清晰，漫漫路途终有一归，再见，是未来的开端。

"铁"色包"裹"时光

"黔"色包"裹"八零人

黔菲过往道色情

"观"景流年悠悠行

网路而兴"好景藏"寨"

经典横织米织金时

贵州之阳谷湖街

安常处顺盛更变一站

火车拉来六盘水

六盘水站

"黔行"的故事说不完

□ 刘梁逸 绘

主播探站

「我骄傲」

大龙　DA LONG

六个鸡　LIU GE JI

过去与未来

和谐

新火相传

贵阳机务段
贵阳南车站
贵阳车辆段

先进集体
先进个人
劳动模范
全国五一劳动奖章

"黔行漫记"大型融媒体
采访活动圆满收官

● 许 毅

近日，成都局集团公司融媒体中心融合报道团队赴"火车拉来的城市"——六盘水，对六盘水站进行了采访报道。至此，"黔行漫记"大型融媒体采访活动圆满收官。

　　明代大儒王阳明曾盛赞"天下山水之秀聚于黔中"，也嗟叹贵州"连峰际天兮，飞鸟不通"。山阻水隔、发展受限，"黔道难"成为制约贵州经济社会发展的"拦路虎"。

　　"黔行漫记"大型融媒体采访活动历时7个多月，记者从春暖花开走到了隆冬时节，从管内湘黔铁路最东端的大龙站走到了管内贵昆铁路最西端的且午站，行程近千公里，足迹遍布20余个站点，横贯黔贵大地东西。其间，采访团队深入一线小站，对话贵州铁路发展的建设者、亲历者和见证者，他们当中有"三线"建设时奋勇当先支援大西南的火车司机，有几十年如一日献身铁路的小站站长，有扎根深山饱含深情的客运值班员，也有父子接力护隧守桥的一线

"黔行漫记"部分记者及通讯员在六盘水站站台上合影。📷 宋陈鑫

职工，还有为"黔行漫记"的精彩呈现默默深耕的荣休记者。

"黔行漫记"专栏的每一张图片、每一个视频、每一段文字都精彩而厚重，向大家展示了铁路独特的魅力。自采访活动开展以来，成都局集团公司融媒体中心全媒体平台开设"黔行漫记"专栏，在"西南铁路""成铁微家园"微信公众号和《西南铁道报》持续推出文字通讯、短视频、图文、漫画等内容，在"成铁融媒"推出视频产品，多渠道宣传、多维度发力，对内对外有力地发出了"成铁声音"。

据统计，"黔行漫记"在《西南铁道报》共推出图文报道27期、其中4个漫画整版，"成铁融媒"播出视频产品24期，在新媒体平台推送图文报道46期。作品一经推出，引发铁路和社会的广泛关注，吸引了旅客、职工、沿线群众、广大网友参与互动，集团公司及站段两级融媒体联动、同频共振，取得了良好的传播效果。

路漫漫兮，始于脚下。"黔行漫记"大型融媒体采访活动是成都局集团公司融媒体中心增强"四力"的新闻实践，记录了铁路的历史文化。融媒体中心将持续深入践行习近平文化思想，大力弘扬企业文化，让老故事焕发新光彩，让老一辈的精神代代相传，激发更多的人了解铁路、关注成铁。

（刊发于《西南铁道报》2024年12月21日第1版）

采访余韵

黔行漫记：贵州铁路的岁月印记

● 石宗林

石宗林冒雪在贵阳南站拍摄。📷 顾　垒

　　在云贵高原的深处，两条钢铁巨龙蜿蜒而行，它们便是连接贵州与外界的重要纽带——湘黔铁路与贵昆铁路，即沪昆铁路湘黔段和贵昆段。"黔行漫记"，让我们一起踏上了这段穿越时光的旅程，感受这两条铁路线上的独特魅力，体验不一样的历史脉动。

　　沿着湘黔铁路，列车如同穿梭在绿色的海洋中。两旁的重峦叠嶂，成荫的绿树，偶尔露出的苗族村寨，无论是邻水而建的镇远站，还是黔东门户大龙站，无论是"苗侗明珠"凯里站，还是黔中腹地贵阳站，犹如一颗颗璀璨的明珠镶嵌在绿野之间。火车在山清水秀间蜿蜒穿行，每一个拐弯都是一次心的悸动，每一寸铁轨都承载着岁月的印记。

　　回溯到1936年，湘黔铁路的构想便已开始，历经战乱与重建，前后历时37年，直到1975年才最终建成通车。这段漫长的建设历程，无疑是一部坚韧与毅力的史诗。

　　离开贵阳，一路向西，就走进贵昆铁路即沪昆铁路贵昆段。贵昆铁路则展现了一幅截然不同的画卷。它穿行在崇山峻岭之间，穿过隧道，驶过桥梁，如同一条丝带系在山腰。列车在"人字坡"上爬升，两旁是壮美的喀斯特地貌，奇峰异石，令人叹为观止。在这里，铁路不仅是连接城市的纽带，也是通往自然之美的桥梁，对大山里的百姓来说，更是与外界联系的生命通道。

　　湘黔铁路与贵昆铁路见证了贵州的变迁。从最初的人挑马驮，到如今的高速列车，这两条铁路线记录了贵州从封闭走向开放的历史。沿途的老站房、废弃的隧道口、斑驳的桥梁，都是岁月留下的印记，让人不禁感慨时光的流转。

　　一段铁路，见证一段历史；一段历史，讲述一段故事。这次的"黔行漫记"就像一根线，将散落在铁路沿线的火车站、铁路人和岁月故事串联起来。这些故事，虽然普通，却讲述着贵州和贵州铁路的回忆。通过这些漫记故事，让我们更加了解过去，感悟现在，并对未来充满了期待。

黔山秀水路悠悠

● 邓颖璐

邓颖璐（右）在凯里站铁路家属院外进行采访。📷 龚　萱

　　"铁路修到苗家寨／两面旗鼓笑颜开／喇叭声声震天响／金矿银矿开出来……"20世纪60年代，一曲响彻全国的《铁路修到苗家寨》由衷道出湘黔铁路的开通给贵州人民带来的喜悦心声。

　　2024年5月，"黔行漫记"采访活动正式启动。循着歌声，我走进黔东南苗族侗族自治州，领略了中国历史文化名城镇远的风采，体验了"苗侗明珠"凯里的风情。在与采访对象的深入交谈中，那些镌刻岁月痕迹的画面一帧帧、一幕幕在眼前呈现，变成了我文稿创作中的独家记忆。

　　初闻"镇远"一词，被其"震慑一方"的气魄触动。直到踏入这座千年古城，青砖黛瓦、飞檐翘角、雕梁画栋，在群山环抱之中，潕阳河穿城而过，才发现它的细腻而优雅。放慢脚步，漫步其间，蜿蜒小巷古朴深幽，这份远离尘嚣的宁静与美好，是铁路带来的浪漫邂逅。

这次的采访中，我在镇远站党总支书记罗油怀身上看到了他从父辈处传承下来的"湘黔精神"：谈话常常因他的工作电话中断，他甚至忙到没空吃上一口热饭。这种无私奉献的工作态度，是铁路带来的使命担当。

跟镇远一样，凯里同样是慢悠悠的。因为电影《路边野餐》的关系，我十分期待凯里之行。当耳机里《小茉莉》的旋律在崇山峻岭间循环不断，我离电影里的"荡麦"越来越近，甚至在凯里铁路文化活动中心找到了剧中角色卫卫的家。"为了寻找你，我搬进鸟的眼睛，经常盯着路过的风。"采访路上，看着窗外的风景，电影里的诗反复在我耳边响起，而那个不存在的"荡麦"像一位久别的故人，带着影片里的山山水水、乡野生活与我重逢。

因为铁路的到来，凯里打开了拥抱外界的切口。除了因电影慕名打卡的游客，乘坐火车来吃酸汤探店的人也不少。在凯里的几天里，我们切身感受到了"三天不吃酸，走路打蹿蹿"。

历经大半年，黔行漫记采访活动于2024年12月画下句号。因撰写这篇文章，我的这段记忆被再次唤醒。在这里，流水潺潺，鸟鸣啾啾，热闹的集市和宁静的乡野都让人安宁。黔山秀水的韵味，就是心灵最好的栖息地。

深山鸣翠处　站台枕流年

● 龚萱

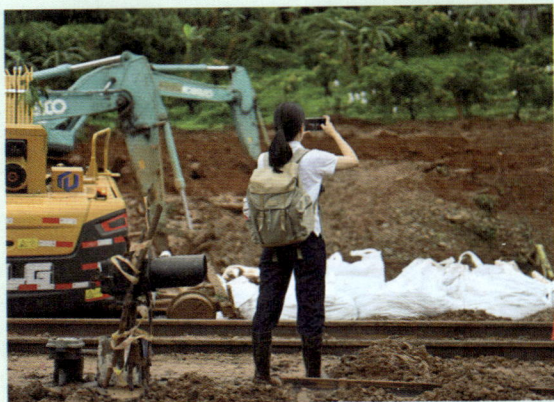

龚萱在新闻拍摄现场。📷 雷　钊

　　雨丝裹着山间的草木气息扑进车窗时，耳机里正循环到《铁路修到苗家寨》那句"喇叭声声震天响"，手指无意识地在玻璃上描摹远山的轮廓，忽然觉得这趟前往六个鸡站的旅程，像极了一场与旧时光的约会——铁轨是绣线，烟雨是帷幕，而那群山褶皱里的六个鸡站，俨然是苗绣银线缀出的盘扣。

　　鞋跟叩响青石板路的刹那，恍惚听见旧时光的回应。副站长汪祈斌从站台转角探出身来，身后跟着六只踱步的走地鸡。"小心路滑！"他伸手虚扶。这声带着黔地尾音的叮嘱，莫名让我想起幼时老家巷口的早点摊主——一样的烟火气，一样的热络，仿佛这座被山岚浸润的小站，早已将"过客"与"归人"的界限泡得酥软模糊。

　　站房的白墙被雨水洗得泛光，墙绘上苗家兄弟捧鸡纳税的故事在氤氲水汽中愈发鲜活。汪站长讲述小站往事时，总爱用指尖轻点墙面，像是敲击一部尘封的留声机。2017年那张红遍网络的拜年照，曾让这座小站短暂跻身流量风口，而今褪去网红滤镜的站台，倒显出几分返璞归真的清寂。

　　"慢火车"进站的汽笛声撕开雨幕时，我正盯着站牌上的"六个鸡"三个字出神。绿皮车厢裹挟着半个世纪的风雨缓缓停靠，下车的旅客不过三两人，但他们踩过积水坑的脚步声，却让这座被短视频时代短暂惊扰过的小站，忽然有了结实的重量。

　　站长王太学讲述抢救苗家老爹的往事时，我仿佛看见十多年前那个暴雨夜，数双沾满泥浆的工装鞋如何蹚出生命的通道。老人痊愈后固执地在站台上敬礼的身影，倔强而生动地为那个雨夜点赞。这种跨越钢轨与田埂的情谊，不正是我们苦苦追寻的"故事感"？

　　返程路上，雨停了，六个鸡站在余晖中缩成剪影。那些未及言说的感动突然有了形状：是网红打卡潮退后依然青翠的站台菜畦，是路外宣传时乡亲塞来的腊肉和职工回赠的糖果，是"慢火车"进站时惊起又落回站台的山雀。唯有这些细碎的温暖，在时光的酿造下变成永恒的酒——存到了苗岭的米酒瓮，也存到了我们匆忙的笔尖。

长歌有和 "黔" 行有灯

● 吴济佑

吴济佑（左）采访杨通明。📷 顾　垒

翻开2024年夏天的记忆，邂逅于重安江畔的人与事依旧鲜活。

初见杨通明老人，其实已是那次采访快要结束的时候。按照事先计划，关于重安江铁路桥的报道主要围绕凯里工务段加劳桥路检查工区最近圆满收官的一次大修集中修展开。

暮日西下的临别之际，为我们带路一整天的工长遽然提及，离工区一墙之隔还住了位80多岁的老工长。这不经意的一句话，让我们打开背包重新拿出了采访本和摄像机，一致决定前去"掘宝"。

事实证明，此行足够幸运。杨通明老人对平凡工作的守一不移打动了在场的每一个人，而他对铁路事业的热爱和奉献更是为我们擎亮了一盏心灯。尽管遗憾错过了当天返程的末班车，天色也越来越晚，然而大家却深感"满载而归"。

此后，同行的顾垒老师驱车数百公里再次拜访杨老补拍日常生活素材，负责视频配音的李锴老师为文中一个多音字反复校核读音，来自贵阳客运段、凯里工务段的3名宣传干事各司其职，搜罗大桥旧闻……诸般心力，只为让杨通明老人的故事有更多"看头"、更多"嚼头"。

"黔"行之途，愿此等"长歌""明灯"永伴，直抵遐方的遐方，来日的来日。

黔路漫漫亦灿灿

● 许 毅

许毅（右）正在采访原贵阳铁路分局退休老领导蒋益新。

📷 李 锴

　　贵州这片热土上，我生于斯，长于斯，对其算是了解。这种沉浸式自我陶醉及满足的良好感觉，在炎炎夏日的一天被迫终结。起因归咎于行进式采访，一个个听说过的铁路站点像极了老道的侦察兵，洞察并检验出我对贵州的了解不过尔尔。大脑在深夜毫无意义地空转，睁着空洞无神的双眸，内心焦灼地思忖：此处特点是啥？采访对象怎么找？跟人家聊些啥？搜集到的素材如何求证？

　　码字的过程，我戏谑为：稿子是硬着头皮"挤"出来的……

　　起初，没有章法可循，"挤"出来的文字缺乏生命力。在一个艳阳高照的午后，勉强扒拉完几口盒饭，石宗林老师提议带着顾垒和我出去走走。要去的位置十分耳熟——河南庄，毗邻贵阳火车站，一个铁路人聚居的所在。笔直的柏油小径，几幢成排的老楼与铁道线一墙之隔，一切看似稀松平常。

汗流浃背的石老师很自然地融入树下闲聊的几位老人，看似无意实则有心地聊起来。老人回忆的阀门被打开，思绪被带回曾经的岁月，一些精彩的好故事自然而然地聊了出来。

这是一堂非常生动的采访课，事先没有预约，没有既定流程，没有拘泥于任何框架，也没有对新手记者的说教。老记者举重若轻、不着痕迹、非常贴心地以身示范——如何采访。

后来的采访中，石老师或亲自参与，或场外远程指导，不遗余力地给予了我们诸多强有力的指导。他主张既要立足老站的旧而不衰，也要通过讲述老故事传递铁路发展的欣欣向荣。大家也是这么践行的，一路走来，《黔行漫记》系列报道得到最多的反馈就是"令人充满希望。"

出行的种种不易，找采访对象的一波三折，为拍出心仪画面的一次次尝试……回望黔行经历，在稿子生动起来的那一刻，一切变得值得。穿上沾泥的鞋，随时准备再出发！